ÖDÖN VON HORVÁTH

GESCHICHTEN AUS DEM WIENER WALD

Volksstück in drei Teilen

Nichts gibt so sehr das Gefühl der
Unendlichkeit als wie die Dummheit.

HAMBURGER LESEHEFTE VERLAG
HUSUM/NORDSEE

PERSONEN

ALFRED
DIE MUTTER
DIE GROSSMUTTER
DER HIERLINGER FERDINAND
VALERIE
OSKAR
IDA
HAVLITSCHEK
RITTMEISTER
EINE GNÄDIGE FRAU
MARIANNE
ZAUBERKÖNIG
ZWEI TANTEN
ERICH
EMMA
HELENE
DER DIENSTBOT
BARONIN
BEICHTVATER
DER MISTER
DER CONFERENCIER

Das Stück spielt in unseren Tagen, und zwar in Wien, im Wiener Wald und draußen in der Wachau.

ERSTER TEIL

I
Draußen in der Wachau

Vor einem Häuschen am Fuße einer Burgruine. Alfred sitzt im Freien und verzehrt mit gesegnetem Appetit Brot, Butter und sauere Milch – seine Mutter bringt ihm gerade ein schärferes Messer.

In der Luft ist ein Klingen und Singen – als verklänge irgendwo immer wieder der Walzer „Geschichten aus dem Wiener Wald" von Johann Strauß. Und in der Nähe fließt die schöne blaue Donau.

DIE MUTTER (*sieht Alfred zu – plötzlich ergreift sie seine Hand, in der er das Messer hält, und schaut ihm tief in die Augen).*

ALFRED (*stockt und starrt sie mit vollem Munde misstrauisch an).*

Stille.

DIE MUTTER (*streicht ihm langsam über das Haar).* Das ist schön von dir, mein lieber Alfred – dass du nämlich deine liebe Mutter nicht total vergessen hast, lieber Alfred –

ALFRED. Aber wieso denn total vergessen? Ich wär ja schon längst immer wieder herausgekommen, wenn ich nur dazu gekommen wär – aber heutzutag kommt doch schon keiner mehr dazu, vor lauter Krise und Wirbel! Wenn mich jetzt mein Freund, der Hierlinger Ferdinand, nicht mitgenommen hätt mit seinem Kabriolett, wer weiß, wann wir uns wiedergesehen hätten!

DIE MUTTER. Das ist sehr aufmerksam von deinem Freund, dem Herrn von Hierlinger.

ALFRED. Er ist überhaupt ein reizender Mensch. In einer guten halben Stund holt er mich wieder ab.

DIE MUTTER. Schon?

ALFRED. Leider!

DIE MUTTER. Dann iss bitte nicht die ganze sauere Milch zusammen, ich hab sonst nichts da zum Antragen –

ALFRED. Der Hierlinger Ferdinand darf ja gar keine sauere Milch essen, weil er eine chronische Nikotinvergiftung hat. Er ist ein hochanständiger Kaufmann. Ich hab öfters mit ihm zu tun.

DIE MUTTER. Geschäftlich?

ALFRED. Auch das.

Stille.

DIE MUTTER. Bist du noch bei der Bank?

ALFRED. Nein.

DIE MUTTER. Sondern?

Stille.

ALFRED. Ich taug nicht zum Beamten, das bietet nämlich keine Entfaltungsmöglichkeiten. Die Arbeit im alten Sinne rentiert sich nicht mehr. Wer heutzutag vorwärtskommen will, muss mit der Arbeit der anderen arbeiten. Ich hab mich selbstständig gemacht. Finanzierungsgeschäfte und so – *(Er verschluckt sich und hustet stark.)*

DIE MUTTER *(klopft ihm auf den Rücken).* Schmeckts?

ALFRED. Jetzt wär ich aber fast erstickt.

DIE MUTTER. Ich freu mich nur, dass es dir schmeckt.

Stille.

ALFRED. Apropos ersticken: wo steckt denn die liebe Großmutter?

DIE MUTTER. Mir scheint, sie sitzt in der Küch und betet.

ALFRED. Betet?

DIE MUTTER. Sie leidet halt an Angst.

ALFRED. Angst?

Stille.

DIE MUTTER. Vergiss ihr nur ja nicht zu gratulieren – nächsten Monat wird sie achtzig, und wenn du ihr nicht gratulierst, dann haben wir hier wieder die Höll auf Erden. Du bist doch ihr Liebling.

ALFRED. Ich werds mir notieren. *(Er notiert es sich.)* Großmutter gratulieren. Achtzig. *(Er erhebt sich, da er nun satt ist.)* Das ist ein biblisches Alter. *(Er sieht auf seine Armbanduhr.)* Ich glaub, es wird Zeit. Der Hierlinger muss jeden Moment erscheinen. Es ist auch noch eine Dame dabei.

DIE MUTTER. Was ist das für eine Dame?

ALFRED. Eine ältere Dame.

Stille.

DIE MUTTER. Wie alt?

ALFRED. So mittel.

DIE MUTTER. Hat sie Geld?

ALFRED. Ich hab nichts mit ihr zu tun.

Stille.

DIE MUTTER. Eine reiche Partie ist nicht das Letzte. Du hast halt die Richtige noch nicht gefunden.

ALFRED. Möglich! Manchmal möcht ich ja schon so Kinder um mich herum haben, aber dann denk ich mir immer wieder: nein, es soll halt nicht sein –

DIE GROSSMUTTER *(tritt mit ihrer Schale sauerer Milch aus dem Häuschen).* Frieda! Frieda!

DIE MUTTER. Na, wo brennts denn?

DIE GROSSMUTTER. Wer hat mir denn da was von meiner saueren Milch gestohlen?

DIE MUTTER. Ich. Weil der liebe Alfred noch so einen starken Gusto gehabt hat.

Stille.

DIE GROSSMUTTER. Hat er gehabt? Hat er gehabt? – Und da werd ich gar nicht gefragt? Als ob ich schon gar nicht mehr da wär – *(Zur Mutter).* Tät dir so passen!

ALFRED. Bäääh! *(Er streckt ihr die Zunge heraus.)*

Stille.

DIE GROSSMUTTER. Bäääh! *(Sie streckt ihm die Zunge heraus.)*

Stille.

DIE GROSSMUTTER *(kreischt).* Jetzt möcht ich überhaupt keine Milch mehr haben! Da! *(Sie schüttet die Schale aus.)*

DER HIERLINGER FERDINAND *(kommt mit Valerie, einer hergerichteten Fünfzigerin im Autodress).*

ALFRED. Darf ich bekannt machen: das ist meine Mutter und das ist mein Freund Ferdinand Hierlinger – und Frau Valerie – und das dort ist meine liebe Großmutter –

DIE MUTTER. Das ist sehr schön von Ihnen, Herr von Hierlinger, dass Sie mir den Alfred herausgebracht haben – ich danke Ihnen, danke –

DER HIERLINGER FERDINAND. Aber ich bitte, meine Herrschaften! Das ist doch alles nur selbstverständlich! Ich hätt Ihnen ja den Alfred schon öfters herausgebracht – der liebe Alfred hätte ja nur ein Wörterl verlauten dürfen.

DIE MUTTER. Nur ein Wörterl?

DER HIERLINGER FERDINAND. Wie gesagt – *(Er stockt, da er merkt, dass er sich irgendwie verplappert hat.)*

Peinliche Stille.

VALERIE. Aber schön haben Sies hier heraußen –

DIE MUTTER. Wollen die Herrschaften vielleicht mal auf den Turm?

DER HIERLINGER FERDINAND. Auf was für einen Turm?

DIE MUTTER. Auf unseren Turm da –

DER HIERLINGER FERDINAND. Ich bitte, gehört denn da diese hochromantische Ruine den Herrschaften?

DIE MUTTER. Nein, die gehört dem Staat. Wir verwalten sie nur. Wenn die Herrschaften wollen, führ ich die Herrschaften hinauf – nämlich dem Besteiger bietet sich droben eine prächtige Fernsicht und eine instruktive Rundsicht.

DER HIERLINGER FERDINAND. Aber gern, sehr gern! Zu charmant, gnädige Frau!

DIE MUTTER *(lächelt verlegen).* Aber oh bitte! *(Zu Valerie.)* Die Dame kommen doch auch mit?

VALERIE. Danke, danke – es tut mir schrecklich leid, aber ich kann nicht so hoch hinauf, weil ich dann keine Luft krieg –

DIE MUTTER. Also dann auf Wiedersehen! *(Ab mit dem Hierlinger Ferdinand.)*

VALERIE *(zu Alfred).* Dürft ich mal den Herrn um eine kleine Information bitten?

ALFRED. Was gibts denn?

DIE GROSSMUTTER *(setzt sich an das Tischchen und horcht, hört aber nichts).*

VALERIE. Du hast mich wieder mal betrogen.

ALFRED. Sonst noch was gefällig?

VALERIE. Der Hierlinger erzählt mir grad, dass beim letzten Rennen in Saint-Cloud nicht die Quote hundertachtundsechzig, sondern zweihundertzweiundzwanzig herausgelaufen worden ist –

ALFRED. Der Hierlinger lügt.

VALERIE. Und das Gedruckte da lügt auch? *(Sie hält ihm eine Rennzeitung unter die Nase.)*

Stille.

VALERIE *(triumphierend).* Na?

ALFRED Nein, du bist halt keine richtige Frau. Du stoßt mich ja direkt von dir – mit derartigen Methoden –

VALERIE. Du wirst mir jetzt das geben, was mir gebührt. Siebenundzwanzig Schilling. S'il vous plaît!

ALFRED *(gibt ihr das Geld).* Voilà!

VALERIE. Merci! *(Sie zählt nach.)*

ALFRED. Kleinliche Person.

VALERIE. Ich bin keine Person! Und von heut ab bitte ich es mir aus, dass du mir immer eine schriftliche Quittung –

ALFRED *(unterbricht sie).* Bild dir nur ja nichts ein, bitte!

Stille.

VALERIE. Alfred, du sollst mich doch nicht immer betrügen –

ALFRED. Und du sollst nicht immer so misstrauisch zu mir sein – das untergräbt doch nur unser Verhältnis. Du darfst es doch nicht übersehen, dass ein junger Mensch Licht- und Schattenseiten hat, das ist normal. Und ich kann dir nur flüstern: eine rein menschliche Beziehung wird erst dann echt, wenn man was voneinander hat. Alles andere ist Larifari. Und in diesem Sinne bin ich auch dafür, dass wir jetzt unsere freundschaftlich-geschäftlichen Beziehungen nicht deshalb abbrechen, weil die anderen für uns etwa ungesund sind –

VALERIE *(unterbricht ihn).* Nein, pfui! Pfui –

ALFRED. Na siehst du! Jetzt hast du schon wieder einen anderen Kopf auf! Es war doch auch zu leichtsinnig von dir, um nicht zu sagen übermütig! Was mach ich denn aus deinem Ruhegehalt, Frau Kanzleiobersekretärswitwe? Dadurch, dass ich eine Rennplatzkapazität bin, wie? Durch meine glückliche Hand beziehen Frau Kanzleiobersekretärswitwe das Gehalt eines aktiven Ministerialdirigenten erster Klass! – Was ist denn schon wieder los?

VALERIE. Ich hab jetzt nur an das Grab gedacht.

ALFRED. An was für ein Grab?

VALERIE. An sein Grab. Immer, wenn ich das hör: Frau Kanzleiobersekretär – dann muss ich an sein Grab denken.

Stille.

VALERIE. Ich kümmer mich zu wenig um das Grab. Meiner Seel, ich glaub, es ist ganz verwildert –

ALFRED. Valerie, wenn ich morgen in Maisons-Laffitte gewinn, dann lassen wir sein Grab mal gründlich herrichten. Halb und halb.

VALERIE *(küsst plötzlich seine Hand).*

ALFRED. Nein, nicht so –

DIE STIMME DES HIERLINGER FERDINAND *(vom Turm).* Alfred! Alfred! Es ist wunderschön heroben, und ich komm gleich runter!

ALFRED *(ruft hinauf).* Ich bin bereit! *(Er fixiert Valerie.)* Was? Du weinst?

VALERIE *(weinerlich).* Aber keine Idee – *(Sie betrachtet sich in ihrem Taschenspiegel.)* Gott, bin ich wieder derangiert – höchste Zeit, dass ich mich wieder mal rasier – *(Sie schminkt sich mit dem Lippenstift und summt dazu den Trauermarsch von Chopin.)*

DIE GROSSMUTTER. Alfred!

ALFRED *(nähert sich ihr).*

DIE GROSSMUTTER. Wann kommst du denn wieder? Bald?

ALFRED. Sicher.

DIE GROSSMUTTER. Ich hab so Abschiede nicht gern, weißt du. – Dass dir nur nichts passiert, ich hab oft so Angst –

ALFRED. Was soll mir denn schon passieren?

Stille.

DIE GROSSMUTTER. Wann gibst du mir denn das Geld zurück?
ALFRED. Sowie ich es hab.
DIE GROSSMUTTER. Ich brauch es nämlich.
ALFRED. Zu was brauchst du denn dein Geld?
DIE GROSSMUTTER. Nächsten Monat werd ich achtzig – und ich möcht um mein eigenes Geld begraben werden, ich möcht keine milden Gaben, du kennst mich ja –
ALFRED. Mach dir nur keine Sorgen, Großmama!

II

Stille Straße im achten Bezirk

Von links nach rechts: Oskars gediegene Fleischhauerei mit halben Rindern und Kälbern, Würsten, Schinken und Schweinsköpfen in der Auslage. Daneben eine Puppenklinik mit Firmenschild „Zum Zauberkönig" – mit Scherzartikeln, Totenköpfen, Puppen, Spielwaren, Raketen, Zinnsoldaten und einem Skelett im Fenster. Endlich: eine kleine Tabak-Trafik mit Zeitungen, Zeitschriften und Ansichtspostkarten vor der Tür. Über der Puppenklinik befindet sich ein Balkon mit Blumen, der zur Privatwohnung des Zauberkönigs gehört.

OSKAR *(mit weißer Schürze; er steht in der Tür seiner Fleischhauerei und manikürt sich mit seinem Taschenmesser; ab und zu lauscht er, denn im zweiten Stock spielt jemand auf einem ausgeleierten Klavier die „Geschichten aus dem Wiener Wald" von Johann Strauß).*
IDA *(ein elfjähriges, herziges, mageres, kurzsichtiges Mäderl, verlässt mit ihrer Markttasche die Fleischhauerei und will nach rechts ab, hält aber vor der Puppenklinik und betrachtet die Auslage).*
HAVLITSCHEK *(der Gehilfe Oskars, ein Riese mit blutigen Händen und ebensolcher Schürze, erscheint in der Tür der Fleischhauerei; er frisst eine kleine Wurst und ist wütend).* Dummes Luder, dummes –
OSKAR Wer?
HAVLITSCHEK *(deutet mit seinem langen Messer auf Ida).* Das dort! Sagt das dumme Luder nicht, dass meine Blutwurst nachgelassen hat – meiner Seel, am liebsten tät ich so was abstechen, und wenn es dann auch mit dem Messer in der Gurgel herumrennen müsst wie die gestrige Sau, dann tät mich das nur freuen!
OSKAR *(lächelt).* Wirklich?

IDA *(fühlt Oskars Blick, es wird ihr unheimlich; plötzlich rennt sie nach rechts ab).*

HAVLITSCHEK *(lacht).*

RITTMEISTER *(kommt von links; er ist bereits seit dem Zusammenbruch pensioniert und daher in Zivil; jetzt grüßt er Oskar).*

OSKAR UND HAVLITSCHEK *(verbeugen sich – und der Walzer ist aus).*

RITTMEISTER. Also das muss ich schon sagen: die gestrige Blutwurst – Kompliment! First class!

OSKAR. Zart, nicht?

RITTMEISTER. Ein Gedicht!

OSKAR. Hast du gehört, Havlitschek?

RITTMEISTER. Ist er derjenige, welcher?

HAVLITSCHEK. Melde gehorsamst ja, Herr Rittmeister!

RITTMEISTER. Alle Achtung!

HAVLITSCHEK. Herr Rittmeister sind halt ein Kenner. Ein Gourmand. Ein Weltmann.

RITTMEISTER *(zu Oskar).* Ich bin seinerzeit viel in unserer alten Monarchie herumtransferiert worden, aber ich muss schon sagen: Niveau. Niveau!

OSKAR. Ist alles nur Tradition, Herr Rittmeister!

RITTMEISTER. Wenn Ihr armes Mutterl selig noch unter uns weilen würde, die hätt eine Freude an ihrem Sohn.

OSKAR *(lächelt geschmeichelt).* Es hat halt nicht sollen sein, Herr Rittmeister.

RITTMEISTER. Wir müssen alle mal fort.

OSKAR. Heut vor einem Jahr ist sie fort.

RITTMEISTER. Wer?

OSKAR. Meine Mama, Herr Rittmeister. Nach dem Essen um halb drei – da hatte sie unser Herrgott erlöst.

Stille.

RITTMEISTER. Ist denn das schon ein Jahr her?

Stille.

OSKAR. Entschuldigens mich bitte, Herr Rittmeister, aber ich muss mich jetzt noch in Gala werfen – für die Totenmess. *(Ab.)*

RITTMEISTER *(reagiert nicht; ist anderswo).*

Stille.

RITTMEISTER. Wieder ein Jahr – bis zwanzig gehts im Schritt, bis vierzig im Trab, und nach vierzig im Galopp –

Stille.

HAVLITSCHEK *(frisst nun wieder).* Das ist ein schönes Erdbegräbnis gewesen von der alten gnädigen Frau.

RITTMEISTER. Ja, es war sehr gelungen – *(Er lässt ihn stehen und nähert sich der Tabak-Trafik, hält einen Augenblick vor dem Skelett in der Puppenklinik; jetzt spielt wieder jemand im zweiten Stock, und zwar den Walzer „Über den Wellen").*

HAVLITSCHEK *(sieht dem Rittmeister nach, spuckt die Wursthaut aus und zieht sich zurück in die Fleischhauerei).*

VALERIE *(erscheint in der Tür ihrer Tabak-Trafik).*

RITTMEISTER *(grüßt).*

VALERIE *(dankt).*

RITTMEISTER. Dürft ich mal die Ziehungsliste?

VALERIE *(reicht sie ihm aus dem Ständer von der Tür).*

RITTMEISTER Küss die Hand! *(Er vertieft sich in die Ziehungsliste; plötzlich bricht der Walzer ab, mitten im Takt.)*

VALERIE *(schadenfroh).* Was haben wir denn gewonnen, Herr Rittmeister? Das große Los?

RITTMEISTER *(reicht ihr die Ziehungsliste wieder zurück).* Ich hab überhaupt noch nie was gewonnen, liebe Frau Valerie. Weiß der Teufel, warum ich spiel! Höchstens, dass ich meinen Einsatz herausbekommen hab.

VALERIE. Das ist halt das Glück in der Liebe.

RITTMEISTER. Gewesen, gewesen!

VALERIE. Aber Herr Rittmeister! Mit dem Profil!

RITTMEISTER. Das hat nicht viel zu sagen – wenn man nämlich ein wählerischer Mensch ist. Und eine solche Veranlagung ist eine kostspielige Charaktereigenschaft. Wenn der Krieg nur vierzehn Tage länger gedauert hätt, dann hätt ich heut meine Majorspension.

VALERIE. Wenn der Krieg vierzehn Tag länger gedauert hätt, dann hätten wir gesiegt.

RITTMEISTER. Menschlichem Ermessen nach –

VALERIE. Sicher. *(Ab in ihre Tabak-Trafik.)*

MARIANNE *(begleitet eine gnädige Frau aus der Puppenklinik – jedes Mal, wenn diese Ladentür geöffnet wird, ertönt statt eines Klingelzeichens ein Glockenspiel).*

RITTMEISTER *(blättert nun in einer Zeitung und horcht).*

DIE GNÄDIGE FRAU. Also ich kann mich auf Sie verlassen?

MARIANNE. Ganz und gar, gnädige Frau! Wir haben doch hier das erste und älteste Spezialgeschäft im ganzen Bezirk – gnädige Frau bekommen die gewünschten Zinnsoldaten, garantiert und pünktlich!

DIE GNÄDIGE FRAU. Also nochmals, nur damit keine Verwechslungen entstehen: drei Schachteln Schwerverwundete und zwei Schachteln Fallende – auch Kavallerie bitte, nicht nur Infanterie – und dass ich sie nur übermorgen früh im Haus hab, sonst weint der Bubi. Er hat nämlich am Freitag Geburtstag, und er möcht doch schon so lang Sanitäter spielen –

MARIANNE. Garantiert und pünktlich, gnädige Frau! Vielen Dank, gnädige Frau!

DIE GNÄDIGE FRAU. Also Adieu! *(Ab nach links.)*

DER ZAUBERKÖNIG *(erscheint auf seinem Balkon, in Schlafrock und mit Schnurrbartbinde).* Marianne! Bist du da?

MARIANNE. Papa?

ZAUBERKÖNIG. Wo stecken denn meine Sockenhalter?

MARIANNE. Die rosa oder die beige?

ZAUBERKÖNIG. Ich hab doch nur mehr die rosa!

MARIANNE. Im Schrank links oben, rechts hinten.

ZAUBERKÖNIG. Links oben, rechts hinten. Difficile est, satiram non scribere. *(Ab.)*

RITTMEISTER *(zu Marianne).* Immer fleißig, Fräulein Marianne! Immer fleißig!

MARIANNE. Arbeit schändet nicht, Herr Rittmeister.

RITTMEISTER. Im Gegenteil. Apropos: wann darf man denn gratulieren?

MARIANNE. Zu was denn?

RITTMEISTER. Na zur Verlobung.

ZAUBERKÖNIG *(erscheint wieder auf dem Balkon).* Marianne!

RITTMEISTER. Habe die Ehre, Herr Zauberkönig!

ZAUBERKÖNIG. Habe die Ehre, Herr Rittmeister! Marianne. Zum letzten Mal: wo stecken meine Sockenhalter?

MARIANNE. Wo sie immer stecken.

ZAUBERKÖNIG. Was ist das für eine Antwort, bitt ich mir aus! Einen Ton hat dieses Ding an sich! Herzig! Zum leiblichen Vater! Wo meine Sockenhalter immer stecken, dort stecken sie nicht.

MARIANNE. Dann stecken sie in der Kommod.

ZAUBERKÖNIG. Nein.

MARIANNE. Dann im Nachtkastl.

ZAUBERKÖNIG. Nein.

MARIANNE. Dann bei deinen Unterhosen.

ZAUBERKÖNIG. Nein.

MARIANNE. Dann weiß ich es nicht.

ZAUBERKÖNIG. Jetzt frag ich aber zum allerletzen Mal: wo stecken meine Sockenhalter!

MARIANNE. Ich kann doch nicht zaubern!

ZAUBERKÖNIG *(brüllt sie an).* Und ich kann doch nicht mit rutschende Strümpf' in die Totenmess! Weil du meine Garderob verschlampst! Jetzt komm aber nur rauf und such du! Aber avanti, avanti!

MARIANNE *(ab in die Puppenklinik – und jetzt wird der Walzer „Über den Wellen" wieder weitergespielt).*

ZAUBERKÖNIG *(lauscht).*

RITTMEISTER. Wer spielt denn da?

ZAUBERKÖNIG. Das ist eine Realschülerin im zweiten Stock – ein talentiertes Kind ist das.

RITTMEISTER. Ein musikalisches.

ZAUBERKÖNIG. Ein frühentwickeltes – *(Er summt mit, riecht an den Blumen und genießt ihren Duft).*

RITTMEISTER. Es wird Frühling, Herr Zauberkönig.

ZAUBERKÖNIG. Endlich! Selbst das Wetter ist verrückt geworden!

RITTMEISTER. Das sind wir alle.

ZAUBERKÖNIG. Ich nicht.

Pause.

ZAUBERKÖNIG. Elend sind wir dran, Herr Rittmeister, elend. Nicht einmal einen Dienstbot kann man sich halten. Wenn ich meine Tochter nicht hätt –

OSKAR *(kommt aus seiner Fleischhauerei, in Schwarz und mit Zylinder; er zieht sich soeben schwarze Glacéhandschuhe an).*

ZAUBERKÖNIG. Ich bin gleich fertig, Oskar! Die liebe Mariann hat nur wieder mal meine Sockenhalter verhext!

RITTMEISTER. Herr Zauberkönig! Dürft ich mir erlauben, Ihnen meine Sockenhalter anzubieten? Ich trag nämlich auch Strumpfbänder, neuerdings –

ZAUBERKÖNIG. Zu gütig! Küss die Hand! Aber Ordnung muss sein! Die liebe Mariann wird sie schon wieder herhexen!

RITTMEISTER. Der Herr Bräutigam in spe können sich gratulieren.

OSKAR *(lüftet den Zylinder und verbeugt sich leicht).*

ZAUBERKÖNIG. Wenns Gott mir vergönnt, ja.

RITTMEISTER. Mein Kompliment, die Herren! *(Ab – und nun ist der Walzer aus.)*

MARIANNE *(erscheint auf dem Balkon mit den rosa Sockenhaltern).* Hier hab ich jetzt deine Sockenhalter.

ZAUBERKÖNIG. Na also!

MARIANNE. Du hast sie aus Versehen in die Schmutzwäsch geworfen – und ich hab jetzt das ganze schmutzige Zeug durchwühlen müssen.

ZAUBERKÖNIG. Na so was! *(Er lächelt väterlich und kneift sie in die Wange.)* Brav, brav. Unten steht der Oskar. *(Ab.)*

OSKAR. Marianne! Marianne!

MARIANNE. Ja?

OSKAR. Willst du denn nicht herunterkommen?

MARIANNE. Das muss ich sowieso. *(Ab.)*

HAVLITSCHEK *(erscheint in der Tür der Fleischhauerei; wieder fressend).* Herr Oskar. Was ich noch hab sagen wollen – geh, bittschön, betens auch in meinem Namen ein Vaterunser für die arme gnädige Frau Mutter selig.

OSKAR. Gern, Havlitschek.

HAVLITSCHEK. Ich sage dankschön, Herr Oskar. *(Ab.)*

MARIANNE *(tritt aus der Puppenklinik).*

OSKAR. Ich bin so glücklich, Mariann. Bald ist das Jahr der Trauer ganz vorbei, und morgen leg ich meinen Flor ab. Und am Sonntag ist offizielle Verlobung und Weihnachten Hochzeit. – Ein Bussi, Mariann, ein Vormittagsbussi –

MARIANNE *(gibt ihm einen Kuss, fährt aber plötzlich zurück).* Au! Du sollst nicht immer beißen!

OSKAR. Hab ich denn jetzt?

MARIANNE. Weißt du denn das nicht?

OSKAR. Also ich hätt jetzt geschworen –

MARIANNE. Dass du mir immer wehtun musst.

Stille.

OSKAR. Böse?

Stille.

OSKAR. Na?

MARIANNE. Manchmal glaub ich schon, dass du es dir herbeisehnst, dass ich ein böser Mensch sein soll –

OSKAR. Marianne! Du weißt, dass ich ein religiöser Mensch bin und dass ich es ernst nehme mit den christlichen Grundsätzen!

MARIANNE. Glaubst du vielleicht, ich glaub nicht an Gott? Ph!

OSKAR. Ich wollte dich nicht beleidigen. Ich weiß, dass du mich verachtest.

MARIANNE. Was fällt dir ein, du Idiot!

Stille.

OSKAR. Du liebst mich also nicht?

MARIANNE. Was ist Liebe?

Stille.

OSKAR. Was denkst du jetzt?

MARIANNE. Oskar, wenn uns etwas auseinanderbringen kann, dann bist du es. Du sollst nicht so herumbohren in mir, bitte –

OSKAR. Jetzt möcht ich in deinen Kopf hineinsehen können, ich möcht dir mal die Hirnschale herunter und nachkontrollieren, was du da drinnen denkst –

MARIANNE. Aber das kannst du nicht.

OSKAR. Man ist und bleibt allein.

Stille.

OSKAR *(holt aus seiner Tasche eine Bonbonniere hervor).* Darf ich dir diese Bonbons, ich hab sie jetzt ganz vergessen, die im Goldpapier sind mit Likör –

MARIANNE *(steckt sich mechanisch ein großes Bonbon in den Mund).*

ZAUBERKÖNIG *(tritt rasch aus der Puppenklinik, auch in Schwarz und mit Zylinder).* Also da sind wir. Was hast du da? Schon wieder Bonbons? Aufmerksam, sehr aufmerksam! *(Er kostet.)* Ananas! Prima! Na was sagst du zu deinem Bräutigam? Zufrieden?

MARIANNE *(rasch ab in die Puppenklinik.)*

ZAUBERKÖNIG *(verdutzt).* Was hat sie denn?

OSKAR. Launen.

ZAUBERKÖNIG. Übermut! Es geht ihr zu gut!

OSKAR. Komm, wir haben keine Zeit, Papa – die Messe –

ZAUBERKÖNIG. Aber eine solche Benehmität! Ich glaub gar, dass du sie mir verwöhnst – also nur das nicht, lieber Oskar! Das rächt sich bitter! Was glaubst du, was ich auszustehen gehabt hab in meiner Ehe? Und warum? Nicht weil meine gnädige Frau Gemahlin ein bissiges Mistvieh war, sondern weil ich zu vornehm war, Gott hab sie selig! Nur niemals die Autorität verlieren! Abstand wahren! Patriarchat, kein Matriarchat! Kopf hoch! Daumen runter! Ave Caesar, morituri te salutant! *(Ab mit Oskar.)*

Jetzt spielt die Realschülerin im zweiten Stock den Walzer „In lauschiger Nacht“ von Ziehrer.

MARIANNE *(erscheint nun in der Auslage und arrangiert – sie bemüht sich besonders um das Skelett).*

ALFRED *(kommt von links, erblickt Marianne von hinten, hält und betrachtet sie).*

MARIANNE *(dreht sich um – erblickt Alfred und ist fast fasziniert).*

ALFRED *(lächelt).*

MARIANNE *(lächelt auch).*

ALFRED *(grüßt charmant).*

MARIANNE *(dankt).*

ALFRED *(nähert sich der Auslage).*

VALERIE *(steht nun in der Tür ihrer Tabak-Trafik und betrachtet Alfred).*

ALFRED *(trommelt an die Fensterscheibe).*

MARIANNE *(sieht ihn plötzlich erschrocken an, lässt rasch den Sonnenvorhang hinter der Fensterscheibe herab – und der Walzer bricht wieder ab, mitten im Takt).*

ALFRED *(erblickt Valerie).*

Stille.

VALERIE. Wohin?

ALFRED. Zu dir, Liebling.

VALERIE. Was hat man denn in der Puppenklinik verloren?

ALFRED. Ich wollte dir ein Pupperl kaufen.

VALERIE. Und an so was hängt man sein Leben.

ALFRED. Pardon!

Stille.

ALFRED *(krault Valerie am Kinn).*

VALERIE *(schlägt ihn auf die Hand).*

Stille.

ALFRED. Wer ist denn das Fräulein da drinnen?

VALERIE. Das geht dich einen Dreck an.

ALFRED. Das ist sogar ein sehr hübsches Fräulein.

VALERIE. Haha!

ALFRED. Ein schön gewachsenes Fräulein. Dass ich dieses Fräulein noch nie gesehen habe – das ist halt die Tücke des Objekts.

VALERIE. Na und?

ALFRED. Also ein für alle Mal: lang halt ich jetzt aber deine hysterischen Eifersüchteleien nicht mehr aus! Ich lass mich nicht tyrannisieren! Das hab ich doch schon gar nicht nötig!

VALERIE. Wirklich?

ALFRED. Glaub nur ja nicht, dass ich auf dein Geld angewiesen bin!

Stille.

VALERIE. Ja, das wird wohl das Beste sein –

ALFRED. Was?

VALERIE. Das wird das Beste sein für uns beide, dass wir uns trennen.

ALFRED. Aber dann endlich! Und im Guten! Und konsequent, wenn man bitten darf! – Da. Das bin ich dir noch schuldig. Mit Quittung. Wir haben in Saint-Cloud nichts verloren und in Le Tremblay gewonnen. Außenseiter. Zähls nach, bitte! *(Ab.)*

VALERIE *(allein; zählt mechanisch das Geld nach – dann sieht sie Alfred langsam nach; leise).* Luder. Mistvieh. Zuhälter. Bestie –

III
Am nächsten Sonntag im Wiener Wald

Auf einer Lichtung am Ufer der schönen blauen Donau. Der Zauberkönig und Marianne, Oskar, Valerie, Alfred, einige entfernte Verwandte, unter ihnen Erich aus Kassel in Preußen, und kleine weiß gekleidete hässliche Kinder machen einen gemeinsamen Ausflug.
Jetzt bilden sie gerade eine malerische Gruppe, denn sie wollen von Oskar fotografiert werden, der sich noch mit seinem Stativ beschäftigt – dann stellt er sich selbst in Positur neben Marianne, maßen er ja mit einem Selbstauslöser arbeitet. Und nachdem dieser tadellos funktionierte, gerät die Gruppe in Bewegung.

ZAUBERKÖNIG. Halt! Da capo! Ich glaub, ich hab gewackelt!
OSKAR. Aber Papa!
ZAUBERKÖNIG. Sicher ist sicher!
ERSTE TANTE. Ach ja!
ZWEITE TANTE. Das wär doch ewig schad!
ZAUBERKÖNIG. Also da capo, da capo!
OSKAR. Also gut! *(Er beschäftigt sich wieder mit seinem Apparat – und wieder funktioniert der Selbstauslöser tadellos.)*
ZAUBERKÖNIG. Ich danke!
DIE GRUPPE *(löst sich allmählich auf).*
ERSTE TANTE. Lieber Herr Oskar, ich hätt ein großes Verlangen – geh, möchtens nicht mal die Kinderl allein abfotografieren, die sind doch heut so herzig –
OSKAR. Aber mit Vergnügen! *(Er gruppiert die Kinder und küsst die Kleinste.)*
ZWEITE TANTE *(zu Marianne).* Nein, mit welcher Liebe er das arrangiert. – Na wenn das kein braver Familienvater wird! Ein Kindernarr, ein Kindernarr! Unberufen! *(Sie umarmt Marianne und gibt ihr einen Kuss.)*
VALERIE *(zu Alfred).* Also das ist der Chimborasso.
ALFRED. Was für ein Chimborasso?
VALERIE. Dass du dich nämlich diesen Herrschaften hier anschließt, wo du doch weißt, dass ich dabei bin – nach all dem, was zwischen uns passiert ist.
ALFRED. Was ist denn passiert? Wir sind auseinander. Und noch dazu als gute Kameraden.
VALERIE. Nein, du bist halt keine Frau – sonst würdest du meine Gefühle anders respektieren.
ALFRED. Was für Gefühle? Noch immer?

VALERIE. Als Frau vergisst man nicht so leicht. Es bleibt immer etwas in einem drinnen. Wenn du auch ein großer Gauner bist.

ALFRED. Ich bitte dich, werde vernünftig.

VALERIE *(plötzlich gehässig)*. Das würde dir so passen!

Stille.

ALFRED. Darf sich der Gauner jetzt empfehlen?

VALERIE. Wer hat ihn denn hier eingeladen?

ALFRED. Sag ich nicht.

VALERIE. Man kann sichs ja lebhaft vorstellen, nicht?

ALFRED *(zündet sich eine Zigarette an)*.

VALERIE. Wo hat man sich denn kennengelernt? In der Puppenklinik?

ALFRED. Halts Maul.

ZAUBERKÖNIG *(nähert sich Alfred mit Erich)*. Was höre ich? Die Herrschaften kennen sich noch nicht? Also darf ich bekannt machen: Das ist mein Neffe Erich, der Sohn meines Schwippschwagers aus zweiter Ehe – und das ist Herr Zentner. Stimmts?

ALFRED. Gewiss.

ZAUBERKÖNIG. Herr von Zentner!

ERICH *(mit Brotbeutel und Feldflasche am Gürtel)*. Sehr erfreut!

ZAUBERKÖNIG. Erich ist ein Student. Aus Dessau.

ERICH. Aus Kassel, Onkel.

ZAUBERKÖNIG. Kassel oder Dessau – das verwechsel ich immer! *(Er zieht sich zurück.)*

ALFRED *(zu Valerie)*. Ihr kennt euch schon?

VALERIE. Oh schon seit Ewigkeiten!

ERICH. Ich hatte erst unlängst das Vergnügen. Wir hatten uns über das Burgtheater unterhalten und über den vermeintlichen Siegeszug des Tonfilms.

ALFRED. Interessant! *(Er verbeugt sich korrekt und zieht sich zurück; jetzt lässt eine Tante ihr Reisegrammofon singen: „Wie eiskalt ist dies Händchen“.)*

ERICH *(lauscht)*. Bohème. Göttlicher Puccini!

MARIANNE *(nun neben Alfred; sie lauscht)*. Wie eiskalt ist dies Händchen –

ALFRED. Das ist Bohème.

MARIANNE. Puccini.

VALERIE *(zu Erich)*. Was kennen Sie denn für Operetten?

ERICH. Aber das hat doch mit Kunst nichts zu tun!

VALERIE. Geh, wie könnens denn nur so was sagen!

ERICH. Kennen Sie die Brüder Karamasow?

VALERIE. Nein.

ERICH. Das ist Kunst.

MARIANNE *(zu Alfred).* Ich wollte mal rhythmische Gymnastik studieren, und dann hab ich von einem eigenen Institut geträumt, aber meine Verwandtschaft hat keinen Sinn für so was. Papa sagt immer, die finanzielle Unabhängigkeit der Frau vom Mann ist der letzte Schritt zum Bolschewismus.

ALFRED. Ich bin kein Politiker, aber glauben Sie mir: auch die finanzielle Abhängigkeit des Mannes von der Frau führt zu nichts Gutem. Das sind halt so Naturgesetze.

MARIANNE. Das glaub ich nicht.

OSKAR *(fotografiert nun den Zauberkönig allein, und zwar in verschiedenen Posen; das Reisegrammofon hat ausgesungen).*

ALFRED. Fotografiert er gern, der Herr Bräutigam?

MARIANNE. Das tut er leidenschaftlich. Wir kennen uns schon seit acht Jahren.

ALFRED. Wie alt waren Sie denn damals? Pardon, das war jetzt nur eine automatische Reaktion!

MARIANNE. Ich war damals vierzehn.

ALFRED. Das ist nicht viel.

MARIANNE. Er ist nämlich ein Jugendfreund von mir. Weil wir Nachbarskinder sind.

ALFRED. Und wenn Sie jetzt keine Nachbarskinder gewesen wären?

MARIANNE. Wie meinen Sie das?

ALFRED. Ich meine, dass das halt alles Naturgesetze sind. Und Schicksal.

Stille.

MARIANNE. Schicksal, ja. Eigentlich ist das nämlich gar nicht das, was man halt so Liebe nennt, vielleicht von seiner Seite aus, aber ansonsten – *(Sie starrt Alfred plötzlich an.)* Nein, was sag ich da, jetzt kenn ich Sie ja noch kaum – mein Gott, wie Sie das alles aus einem herausziehen –

ALFRED. Ich will gar nichts aus Ihnen herausziehen. Im Gegenteil.

Stille.

MARIANNE. Können Sie hypnotisieren?

OSKAR *(zu Alfred).* Pardon! *(Zu Marianne.)* Darf ich bitten? *(Er reicht ihr den Arm und geleitet sie unter eine schöne alte Baumgruppe, wo sich die ganze Gesellschaft bereits zum Picknick gelagert hat.)*

ALFRED *(folgt Oskar und Marianne und lässt sich ebenfalls nieder).*

ZAUBERKÖNIG. Über was haben wir denn gerade geplauscht?

ERSTE TANTE. Über die Seelenwanderung.

ZWEITE TANTE. Was ist denn das für eine Geschicht, das mit der Seelenwanderung?

ERICH. Das ist buddhistische Religionsphilosophie. Die Buddhisten behaupten, dass die Seele eines verstorbenen Menschen in ein Tier hineinfährt – zum Beispiel in einen Elefanten.

ZAUBERKÖNIG. Verrückt!

ERICH. Oder in eine Schlange.

ERSTE TANTE. Pfui!

ERICH. Wieso pfui? Das sind doch nur unsere kleinlichen menschlichen Vorurteile! So lasst uns doch mal die geheime Schönheit der Spinnen, Käfer und Tausendfüßler –

ZWEITE TANTE *(unterbricht ihn).* Also nur nicht unappetitlich, bittschön!

ERSTE TANTE. Mir ist schon übel –

ZAUBERKÖNIG. Mir kann heut nichts den Appetit verderben! Solche Würmer gibts gar nicht!

VALERIE. Jetzt aber Schluss!

ZAUBERKÖNIG *(erhebt sich und klopft mit dem Messer an sein Glas).* Meine lieben Freunde! Zu guter Letzt war es ja schon ein öffentliches Geheimnis, dass meine liebe Tochter Mariann einen Blick auf meinen lieben Oskar geworfen hat –

VALERIE. Bravo!

ZAUBERKÖNIG. Silentium, gleich bin ich fertig, und nun haben wir uns hier versammelt, das heißt: ich hab euch alle eingeladen, um einen wichtigen Abschnitt im Leben zweier blühender Menschenkinder einfach, aber würdig, in einem kleinen, aber auserwählten Kreise zu feiern. Es tut mir nur heut in der Seele weh, dass Gott der Allmächtige es meiner unvergesslichen Gemahlin, der Mariann ihrem lieben Mutterl selig, nicht vergönnt hat, diesen Freudentag ihres einzigen Kindes mitzuerleben. Ich weiß es aber ganz genau, sie steht jetzt sicher hinter einem Stern droben in der Ewigkeit und schaut hier auf uns herab. Und erhebt ihr Glas – *(er erhebt sein Glas)* – um ein aus dem Herzen kommendes Hoch auf das glückliche, nunmehr und hiermit offiziell verlobte Paar – das junge Paar, Oskar und Marianne, es lebe hoch! Hoch! Hoch!

ALLE. Hoch! Hoch! Hoch!

IDA *(jenes magere, herzige Mäderl, das seinerzeit Havlitscheks Blutwurst beanstandet hatte, tritt nun weiß gekleidet mit einem Blumenstrauß vor das verlobte Paar und rezitiert mit einem Sprachfehler).*

Die Liebe ist ein Edelstein,
Sie brennt jahraus, sie brennt jahrein
Und kann sich nicht verzehren,
Sie brennt, solang noch Himmelslicht
In eines Menschen Aug sich bricht,
Um drin sich zu verklären.

ALLE. Bravo! Hoch! Gott, wie herzig!

IDA *(überreicht Marianne den Blumenstrauß mit einem Knicks).*

ALLE *(streicheln nun Ida und gratulieren dem verlobten Paar in aufgeräumtester Stimmung; das Reisegrammofon spielt nun den Hochzeitsmarsch, und der Zauberkönig küsst Marianne auf die Stirn und Oskar auf den Mund, dann wischt er sich die Tränen aus den Augen, und dann legt er sich in seine Hängematte).*

ERICH *(hat eben mit seiner Feldflasche Bruderschaft mit Oskar getrunken).* Mal herhören, Leute! Oskar und Marianne! Ich gestatte mir nun aus dieser Feldflasche auf euer ganz Spezielles zu trinken! Glück und Gesundheit und viele brave deutsche Kinder! Heil!

VALERIE *(angeheitert).* Nur keine Neger! Heil!

ERICH. Verzeihen, gnädige Frau, aber über diesen Punkt vertrag ich keine frivolen Späße! Dieser Punkt ist mir heilig, Sie kennen meine Stellung zu unserem Rassenproblem.

VALERIE. Ein problematischer Mensch. – Halt! So bleibens doch da, Sie komplizierter Mann, Sie –

ERICH. Kompliziert. Wie meinen Sie das?

VALERIE. Interessant –

ERICH. Wieso?

VALERIE. Ja glaubens denn, dass ich die Juden mag? Sie großes Kind – *(Sie hängt sich ein in das große Kind und schleift es weg; man lagert sich nun im Wald und die kleinen Kindlein spielen und stören.)*

OSKAR *(singt zur Laute).*

Sei gepriesen, du lauschige Nacht,
Hast zwei Herzen so glücklich gemacht.
Und die Rosen im folgenden Jahr
Sahn ein Paar am Altar!
Auch der Klapperstorch blieb nicht lang aus,
Brachte klappernd den Segen ins Haus.
Und entschwand auch der liebliche Mai,
In der Jugend erblüht er neu!

(Er spielt das Lied nochmal, singt aber nicht mehr, sondern summt nur; auch alle anderen summen mit, außer Alfred und Marianne.)

ALFRED *(nähert sich nämlich Marianne).* Darf man noch einmal gratulieren?

MARIANNE *(schließt die Augen).*

ALFRED *(küsst lange ihre Hand).*

OSKAR *(hatte den Vorgang beobachtet, übergab seine Laute der zweiten Tante, schlich sich heran und steht nun neben Marianne).*

ALFRED *(korrekt).* Ich gratuliere!

OSKAR. Danke.

ALFRED *(verbeugt sich korrekt und will ab).*

OSKAR *(sieht ihm nach).* Er beneidet mich um dich – ein geschmackloser Mensch. Wer ist denn das überhaupt?

MARIANNE. Ein Kunde.

OSKAR. Schon lang?

MARIANNE. Gestern war er da und wir sind ins Gespräch gekommen – nicht lang, und dann hab ich ihn gerufen. Er hat sich ein Gesellschaftsspiel gekauft.

VALERIE *(schrill).* Was soll das Pfand in meiner Hand?

ERICH. Das soll dreimal Muh schreien!

VALERIE. Das ist die Tante Henriett, die Tante Henriett!

ERSTE TANTE *(stellt sich in Positur und schreit).* Muh! Muh! Muh!

Großes Gelächter

VALERIE. Und was soll das Pfand in meiner Hand?

ZAUBERKÖNIG. Das soll dreimal Mäh schreien!

VALERIE. Das bist du selber!

ZAUBERKÖNIG. Mäh! Mäh! Mäh!

Brüllendes Gelächter.

VALERIE. Und was soll das Pfand in meiner Hand?

ZWEITE TANTE. Der soll etwas demonstrieren!

ERICH. Was denn?

ZWEITE TANTE. Was er kann!

VALERIE. Oskar! Hast du gehört, Oskar? Du sollst uns etwas demonstrieren!

ERICH. Was du willst!

ZAUBERKÖNIG. Was du kannst!

Stille.

OSKAR. Meine Damen und Herren, ich werde Ihnen etwas sehr Nützliches demonstrieren, nämlich ich hab mich mit der japanischen Selbstverteidigungsmethode beschäftigt. Mit dem sogenannten Jiu-Jitsu. Und nun passens bitte auf, wie man seinen Gegner spielend kampfunfähig machen kann – *(Er stürzt sich plötzlich auf Marianne und demonstriert an ihr seine Griffe.)*

MARIANNE *(stürzt zu Boden).* Au! Au! Au! –

ERSTE TANTE. Nein, dieser Rohling!

ZAUBERKÖNIG. Bravo! Bravissimo!

OSKAR *(zur ersten Tante).* Aber ich hab doch den Griff nur markiert, sonst hätt ich ihr doch das Rückgrat verletzt!

ERSTE TANTE. Das auch noch!

ZAUBERKÖNIG *(klopft Oskar auf die Schulter).* Sehr geschickt! Sehr einleuchtend!

ZWEITE TANTE *(hilft Marianne beim Aufstehen).* Ein so zartes Frauerl. – Haben wir denn noch ein Pfand?

VALERIE. Leider! Schluss. Aus!

ZAUBERKÖNIG. Dann hätt ich ein Projekt! Jetzt gehen wir alle baden! Hinein in die kühle Flut! Ich schwitz eh schon wie ein gselchter Aff!

ERICH. Eine ausgezeichnete Idee!

VALERIE. Aber wo sollen sich denn die Damen entkleiden?

ZAUBERKÖNIG. Nichts leichter als das! Die Damen rechts, die Herren links! Also auf Wiedersehen in unserer schönen blauen Donau!

Jetzt spielt das Reisegrammofon den Walzer „An der schönen blauen Donau“, und die Damen verschwinden rechts, die Herren links – Valerie und Alfred sind die Letzten.

VALERIE. Alfred!

ALFRED. Bitte?

VALERIE *(trällert die Walzermelodie nach und zieht ihre Bluse aus).*

ALFRED. Nun?

VALERIE *(wirft ihm eine Kusshand zu).*

ALFRED. Adieu!

VALERIE. Moment! Gefällt dem Herrn Baron das Fräulein Braut?

ALFRED *(fixiert sie – geht dann rasch auf sie zu und hält knapp vor ihr).* Hauch mich an!

VALERIE. Wie komm ich dazu!

ALFRED. Hauch mich an!

VALERIE *(haucht ihn an).*

ALFRED. Du Alkoholistin.

VALERIE. Das ist doch nur ein Schwips, den ich da hab, du Vegetarianer! Der Mensch denkt und Gott lenkt. Man feiert doch nicht alle Tage Verlobung – und Entlobung, du Schweinehund –

ALFRED. Einen anderen Ton, wenn ich bitten darf!

VALERIE. Dass du mich nicht anrührst, dass du mich nicht anrührst –

ALFRED. Toll! Als hätt ich dich schon jemals angerührt.

VALERIE. Und am siebzehnten März?

Stille.

ALFRED. Wie du dir alles merkst –

VALERIE. Alles. Das Gute und das Böse – *(Sie hält sich plötzlich die Bluse vor.)* Geh! Ich möcht mich jetzt ausziehen!

ALFRED. Als hätt ich dich nicht schon so gesehen –

VALERIE *(kreischt).* Schau mich nicht so an! Geh! Geh!

ALFRED. Hysterische Kuh – *(Ab nach links.)*

VALERIE *(allein; sieht ihm nach).* Luder. Mistvieh. Drecksau. Bestie. *(Sie zieht sich aus.)*

ZAUBERKÖNIG *(taucht im Schwimmanzug hinter dem Busch auf und sieht zu).*

VALERIE *(hat nun nur mehr das Hemd, Schlüpfer und Strümpfe an, sie entdeckt den Zauberkönig).* Jesus Maria Josef! Oh du Hallodri! Mir scheint gar, du bist ein Voyeur –

ZAUBERKÖNIG. Ich bin doch nicht pervers. Zieh dich nur ruhig weiter aus.

VALERIE. Nein, ich hab doch noch mein Schamgefühl.

ZAUBERKÖNIG. Geh, in der heutigen Zeit!

VALERIE. Aber ich hab halt so eine verflixte Fantasie – *(Sie trippelt hinter einen Busch.)*

ZAUBERKÖNIG *(lässt sich vor dem Busch nieder, entdeckt Valeries Korsett, nimmt es an sich und riecht daran).* Mit oder ohne Fantasie – diese heutige Zeit ist eine verkehrte Welt! Ohne Treu, ohne Glauben, ohne sittliche Grundsätz'. Alles wackelt, nichts steht mehr fest. Reif für die Sintflut – *(Er legt das Korsett wieder beiseite, denn es duftet nicht gerade überwältigend.)* Ich bin nur froh, dass ich die Mariann angebracht hab, eine Fleischhauerei ist immer noch solid –

VALERIES STIMME. Na, und die Trafikantinnen?

ZAUBERKÖNIG. Auch! Rauchen und Fressen werden die Leut' immer – aber zaubern? Wenn ich mich so mit der Zukunft beschäftig, da wirds mir manchmal ganz pessimistisch. Ich habs ja überhaupt nicht leicht gehabt in meinem Leben, ich muss ja nur an meine Frau selig denken – diese ewige Schererei mit den Spezialärzten –

VALERIE *(erscheint nun im Badetrikot; sie beschäftigt sich mit dem Schulterknöpfchen).* An was ist sie denn eigentlich gestorben?

ZAUBERKÖNIG *(stiert auf ihren Busen).* An der Brust.

VALERIE. Doch nicht Krebs?

ZAUBERKÖNIG. Doch. Krebs.

VALERIE. Ach, die Ärmste.

ZAUBERKÖNIG. Ich war auch nicht zu beneiden. Man hat ihr die linke Brust wegoperiert – sie ist überhaupt nie gesund gewesen, aber ihre Eltern haben mir das verheimlicht. – Wenn ich dich daneben anschau: stattlich, also direkt königlich. – Eine königliche Person.

VALERIE *(macht nun Rumpfbeugen).* Was wisst ihr Mannsbilder schon von der Tragödie des Weibes? Wenn wir uns nicht so herrichten und pflegen täten –

ZAUBERKÖNIG *(unterbricht sie).* Glaubst du, ich muss mich nicht pflegen?

VALERIE. Das schon. Aber bei einem Herrn sieht man doch in erster Linie auf das Innere – *(Sie macht nun in rhythmischer Gymnastik.)*

ZAUBERKÖNIG *(sieht ihr zu und macht dann Kniebeugen).*

VALERIE. Hach, jetzt bin ich aber müd! *(Sie wirft sich neben ihn hin.)*

ZAUBERKÖNIG. Der sterbende Schwan. *(Er nimmt neben ihr Platz.)*

Stille.

VALERIE. Darf ich meinen Kopf in deinen Schoß legen?

ZAUBERKÖNIG. Auf der Alm gibts keine Sünd!

VALERIE *(tut es).* Die Erd ist nämlich noch hart – heuer war der Winter lang.

Stille.

VALERIE *(leise).* Du. Gehts dir auch so? Wenn die Sonn so auf meine Haut scheint, wirds mir immer so weißnichtwie –

ZAUBERKÖNIG. Wie? Sags mir.

Stille.

VALERIE. Du hast doch zuvor mit meinem Korsett gespielt?

Stille.

ZAUBERKÖNIG. Na und?

VALERIE. Na und?

ZAUBERKÖNIG *(wirft sich plötzlich über sie und küsst sie).*

VALERIE. Gott, was für ein Temperament – das hätt ich dir gar nicht zugetraut – du schlimmer Mensch, du –

ZAUBERKÖNIG. Bin ich sehr schlimm?

VALERIE. Ja – nein, du! Halt, da kommt wer! *(Sie kugeln auseinander.)*

ERICH *(kommt in Badehose mit einem Luftdruckgewehr).* Verzeihung, Onkel! Du wirst es doch gestatten, wenn ich es mir jetzt gestatte, hier zu schießen?

ZAUBERKÖNIG. Was willst du?

ERICH. Schießen.

ZAUBERKÖNIG. Du willst hier schießen?

ERICH. Nach der Scheibe auf jener Buche dort. Übermorgen

steigt nämlich das monatliche Preisschießen unseres akademischen Wehrverbandes und da möchte ich es mir nur gestatten, mich etwas einzuschießen. Also darf ich?

VALERIE. Natürlich.

ZAUBERKÖNIG. Natürlich? *(Zu Valerie.)* Natürlich! *(Er erhebt sich.)* Wehrverband! Sehr natürlich! Nur das Schießen nicht verlernen. – Ich geh mich jetzt abkühlen! In unsere schöne blaue Donau! *(Für sich.)* Hängts euch auf! *(Ab.)*

ERICH *(ladet, zielt und schießt).*

VALERIE *(sieht ihm zu; nach dem dritten Schuss).* Pardon, wenn ich Sie molestiere – was studieren der junge Herr eigentlich?

ERICH. Jus. Drittes Semester. *(Er zielt.)* Arbeitsrecht.

Schuss.

VALERIE. Arbeitsrecht. Ist denn das nicht recht langweilig?

ERICH *(ladet).* Ich habe Aussicht, dereinst als Syndikus mein Unterkommen zu finden. *(Er zielt.)* In der Industrie.

Schuss.

VALERIE. Und wie gefällt Ihnen unsere Wiener Stadt?

ERICH. Herrliches Barock.

VALERIE. Und die süßen Wiener Maderln?

ERICH. Offen gesagt: Ich kann mit jungen Mädchen nichts anfangen. Ich war nämlich schon mal verlobt und hatte nur bittere Enttäuschungen, weil Käthe eben zu jung war, um meinem Ich Verständnis entgegenbringen zu können. Bei jungen Mädchen verschwendet man seine Gefühle an die falsche Adresse. Dann schon lieber eine reifere Frau, die einem auch etwas geben kann.

Schuss.

VALERIE. Wo wohnen Sie denn?

ERICH. Ich möchte gerne ausziehen.

VALERIE. Ich hätt ein möbliertes Zimmer.

ERICH. Preiswert?

VALERIE. Geschenkt.

ERICH. Das träfe sich ja famos.

Schuss.

VALERIE. Herr Syndikus – geh, lassens mich auch mal schießen –

ERICH. Mit Vergnügen!

VALERIE. Ganz meinerseits. *(Sie nimmt ihm das Gewehr ab.)* Waren Sie noch Soldat?

ERICH. Leider nein – ich bin doch Jahrgang 1911.

VALERIE. 1911 – *(Sie zielt lange.)*

ERICH *(kommandiert).* Stillgestanden! Achtung! Feuer!

VALERIE *(schießt nicht – langsam lässt sie das Gewehr sinken und sieht ihn ernst an).*

ERICH. Was ist denn los?

VALERIE. Au! *(Sie krümmt sich plötzlich und wimmert.)* Ich hab so Stechen. – Meine arme Niere –

Stille.

ERICH. Kann ich Ihnen behilflich sein?

VALERIE. Danke. – Jetzt ist es schon wieder vorbei. Das ist nämlich oft so, wenn ich mich freudig aufreg – ich muss halt immer gleich büßen. Jetzt kann ich das Ziel nicht mehr sehen –

ERICH *(verwirrt).* Was für ein Ziel?

VALERIE. Weil es halt schon dämmert – *(Sie umarmt ihn und er lässt sich umarmen; ein Kuss.)* Ein Ziel ist immer etwas Erstrebenswertes. Ein Mensch ohne Ziel ist kein Mensch. – Du – du – Neunzehnhundertelfer – –

IV
An der schönen blauen Donau

Nun ist die Sonne untergegangen, es dämmert bereits, und in der Ferne spielt der lieben Tante ihr Reisegrammofon den „Frühlingsstimmen-Walzer" von Johann Strauß.

ALFRED *(in Bademantel und Strohhut – er blickt verträumt auf das andere Ufer).*

MARIANNE *(steigt aus der schönen blauen Donau und erkennt Alfred).*

Stille.

ALFRED *(lüftet den Strohhut).* Ich wusste es, dass Sie hier landen werden.

MARIANNE. Woher wussten Sie das?

ALFRED. Ich wusst es.

Stille.

MARIANNE. Die Donau ist weich wie Samt –

ALFRED. Wie Samt.

MARIANNE. Heut möcht ich weit fort – heut könnt man im Freien übernachten.

ALFRED. Leicht.

MARIANNE. Ach, wir armen Kulturmenschen! Was haben wir von unserer Natur!

ALFRED. Was haben wir aus unserer Natur gemacht? Eine Zwangsjacke. Keiner darf, wie er will.

MARIANNE. Und keiner will, wie er darf.

Stille.

ALFRED. Und keiner darf, wie er kann.

MARIANNE. Und keiner kann, wie er soll –

ALFRED *(umarmt sie mit großer Gebärde, und sie wehrt sich mit keiner Faser – ein langer Kuss).*

MARIANNE *(haucht).* Ich habs gewusst, ich habs gewusst –

ALFRED. Ich auch.

MARIANNE. Liebst du mich, wie du solltest –?

ALFRED. Das hab ich im Gefühl. Komm, setzen wir uns. *(Sie setzen sich.)*

Stille.

MARIANNE. Ich bin nur froh, dass du nicht dumm bist – ich bin nämlich von lauter dummen Menschen umgeben. Auch Papa ist kein Kirchenlicht – und manchmal glaub ich sogar, er will sich durch mich an meinem armen Mutterl selig rächen. Die war nämlich sehr eigensinnig.

ALFRED. Du denkst zu viel.

MARIANNE. Jetzt gehts mir gut. Jetzt möcht ich singen. Immer, wenn ich traurig bin, möcht ich singen – *(Sie summt und verstummt wieder.)* Warum sagst du kein Wort?

Stille.

ALFRED. Liebst du mich?

MARIANNE. Sehr.

ALFRED. So wie du solltest? Ich meine, ob du mich vernünftig liebst?

MARIANNE. Vernünftig?

ALFRED. Ich meine, ob du keine Unüberlegtheiten machen wirst – denn dafür könnt ich keine Verantwortung übernehmen.

MARIANNE. Oh Mann, grübl doch nicht – grübl nicht, schau die Sterne – die werden noch droben hängen, wenn wir drunten liegen –

ALFRED. Ich lass mich verbrennen.

MARIANNE. Ich auch – du, o du – du –

Stille.

MARIANNE. Du – wie der Blitz hast du in mich eingeschlagen und hast mich gespalten – jetzt weiß ich es aber ganz genau.

ALFRED. Was?

MARIANNE. Dass ich ihn nicht heiraten werde –

ALFRED. Mariann!

MARIANNE. Was hast du denn?

Stille.

ALFRED. Ich hab kein Geld.

MARIANNE. Oh, warum sprichst du jetzt davon?!

ALFRED. Weil das meine primitivste Pflicht ist! Noch nie in meinem Leben hab ich eine Verlobung zerstört, und zwar prinzipiell! Lieben ja, aber dadurch zwei Menschen auseinanderbringen – nein! Dazu fehlt mir das moralische Recht! Prinzipiell!

Stille.

MARIANNE. Ich hab mich nicht getäuscht, du bist ein feiner Mensch. Jetzt fühl ich mich doppelt zu dir gehörig – ich pass nicht zu Oskar und basta!

Es ist inzwischen finster geworden und nun steigen in der Nähe Raketen.

ALFRED. Raketen. Deine Verlobungsraketen.

MARIANNE. Unsere Verlobungsraketen.

ALFRED. Und bengalisches Licht.

MARIANNE. Blau, grün, gelb, rot –

ALFRED. Sie werden dich suchen.

MARIANNE. Sie sollen uns finden – bleib mir, du, dich hat mir der Himmel gesandt, mein Schutzengel –

Jetzt gibt es bengalisches Licht – blau, grün, gelb, rot – und beleuchtet Alfred und Marianne; und den Zauberkönig, der knapp vor ihnen steht mit der Hand auf dem Herzen.

MARIANNE *(schreit unterdrückt auf).*

Stille.

ALFRED *(geht auf den Zauberkönig zu).* Herr Zauberkönig –

ZAUBERKÖNIG *(unterbricht ihn).* Schweigen Sie! Mir brauchen Sie nichts zu erklären, ich hab ja alles gehört – na, das ist ja ein gediegener Skandal! Am Verlobungstag –! Nacket herumliegen! Küss die Hand! Mariann! Zieh dich an! Dass nur der Oskar nicht kommt – Jesus Maria und ein Stückerl Josef!

ALFRED. Ich trag natürlich sämtliche Konsequenzen, wenn es sein muss.

ZAUBERKÖNIG. Sie haben da gar nichts zu tragen! Sie haben sich aus dem Staube zu machen, Sie Herr! Diese Verlobung darf nicht platzen, auch aus moralischen Gründen nicht! Dass mir keine Seele was erfährt, Sie Halunk – Ehrenwort!

ALFRED. Ehrenwort!

MARIANNE. Nein!!

ZAUBERKÖNIG *(unterdrückt).* Brüll nicht! Bist du daneben? Zieh dich an, aber marsch-marsch! Du Badhur!

OSKAR *(erscheint und überblickt die Situation).* Marianne! Marianne!

ZAUBERKÖNIG. Krach in die Melon!

Stille.

ALFRED. Das Fräulein Braut haben bis jetzt geschwommen.

MARIANNE. Lüg nicht! So lüg doch nicht! Nein, ich bin nicht geschwommen, ich mag nicht mehr schwimmen! Ich lass mich von euch nicht mehr tyrannisieren. Jetzt bricht der Sklave seine Fessel – da! *(Sie wirft Oskar den Verlobungsring ins Gesicht.)* Ich lass mir mein Leben nicht verhunzen, das ist mein Leben! Gott hat mir im letzten Moment diesen Mann da zugeführt. – Nein, ich heirat dich nicht, ich heirat dich nicht, ich heirat dich nicht!! Meinetwegen soll unsere Puppenklinik verrecken, eher heut als morgen!

ZAUBERKÖNIG. Das einzige Kind! Das werd ich mir merken!

Stille.

Während zuvor Marianne geschrien hat, sind auch die übrigen Ausflügler erschienen und horchen interessiert und schadenfroh zu.

OSKAR *(tritt zu Marianne).* Mariann, ich wünsch dir nie, dass du das durchmachen sollst, was jetzt in mir vorgeht – und ich werde dich auch noch weiter lieben, du entgehst mir nicht – und ich danke dir für alles. *(Ab.)*

Stille.

ZAUBERKÖNIG *(zu Alfred).* Was sind Sie denn überhaupt?

ALFRED. Ich?

VALERIE. Nichts. Nichts ist er.

ZAUBERKÖNIG. Ein Nichts. Das auch noch. Ich habe keine Tochter mehr! *(Ab mit den Ausflüglern – Alfred und Marianne bleiben allein zurück; jetzt scheint der Mond.)*

ALFRED. Ich bitte dich um Verzeihung.

MARIANNE *(reicht ihm die Hand).*

ALFRED. Dass ich dich nämlich nicht hab haben wollen – dafür trägt aber nur mein Verantwortungsgefühl die Verantwortung. Ich bin deiner Liebe nicht wert, ich kann dir keine Existenz bieten, ich bin überhaupt kein Mensch –

MARIANNE. Mich kann nichts erschüttern. Lass mich aus dir einen Menschen machen – du machst mich so groß und weit –

ALFRED. Und du erhöhst mich. Ich werd ganz klein vor dir in seelischer Hinsicht.

MARIANNE. Und ich geh direkt aus mir heraus und schau mir nach – jetzt, siehst du, jetzt bin ich schon ganz weit fort von mir – ganz dort hinten, ich kann mich kaum mehr sehen. – Von dir möcht ich ein Kind haben –

Ende des ersten Teiles

ZWEITER TEIL

Wieder in der stillen Straße im achten Bezirk, vor Oskars Fleischhauerei, der Puppenklinik und Frau Valeries Tabak-Trafik. Die Sonne scheint wie dazumal und auch die Realschülerin im zweiten Stock spielt noch immer die „Geschichten aus dem Wiener Wald" von Johann Strauß.

HAVLITSCHEK *(steht in der Tür der Fleischhauerei und frisst Wurst).*

DAS FRÄULEIN EMMA *(ein Mädchen für alles, steht mit einer Markttasche neben ihm; sie lauscht der Musik).* Herr Havlitschek –

HAVLITSCHEK. Ich bitte schön?

EMMA. Musik ist doch etwas Schönes, nicht?

HAVLITSCHEK. Ich könnt mir schon noch etwas Schöneres vorstellen, Fräulein Emma.

EMMA *(summt leise den Walzer mit).*

HAVLITSCHEK. Das tät nämlich auch von Ihnen abhängen, Fräulein Emma.

EMMA. Mir scheint gar, Sie sind ein Casanova, Herr Havlitschek.

HAVLITSCHEK. Sagens nur ruhig Ladislaus zu mir.

Pause.

EMMA. Gestern hab ich von Ihrem Herrn Oskar geträumt.

HAVLITSCHEK. Haben Sie sich nix Gescheiteres träumen können?

EMMA. Der Herr Oskar hat immer so große melancholische Augen – es tut einem direkt weh, wenn er einen anschaut –

HAVLITSCHEK. Das macht die Liebe.

EMMA. Wie meinen Sie das jetzt?

HAVLITSCHEK. Ich meine das jetzt so, dass er in ein nichtsnutziges Frauenzimmer verliebt ist – die hat ihn nämlich sitzen lassen, schon vor einem Jahr, und ist sich mit einem andern Nichtsnutzigen auf und davon.

EMMA. Und er liebt sie noch immer? Das find ich aber schön.

HAVLITSCHEK. Das find ich blöd.

EMMA. Aber eine große Leidenschaft ist doch was Romantisches –

HAVLITSCHEK. Nein, das ist etwas Ungesundes! Schauns doch nur, wie er ausschaut, er quält sich ja direkt selbst – es fällt ihm schon gar keine andere Frau mehr auf, und derweil hat er Geld wie Heu und ist soweit auch ein Charakter, der könnt doch für jeden Finger eine gute Partie haben – aber nein! Akkurat auf die läufige Bestie hat er sich versetzt – weiß der Teufel, was er treibt!

EMMA. Wie meinen Sie das jetzt wieder, Herr Havlitschek?

HAVLITSCHEK. Ich meine das so, dass man es nicht weiß, wo er es hinausschwitzt.

EMMA. O Sie garstiger Mann!

Pause.

HAVLITSCHEK. Fräulein Emma. Morgen ist Freitag und ich bin an der Endhaltestelle von der Linie achtundsechzig.

EMMA. Ich kann aber nicht vor drei.

HAVLITSCHEK. Das soll kein Hindernis sein.

Pause.

EMMA. Also um halb vier – und vergessens aber nur ja nicht, was Sie mir versprochen haben – dass Sie nämlich nicht schlimm sein werden, lieber Ladislaus – *(Ab.)*

HAVLITSCHEK *(sieht ihr nach und spuckt die Wursthaut aus).* Dummes Luder, dummes –

OSKAR *(tritt aus seiner Fleischhauerei).* Dass du es nur ja nicht vergisst: wir müssen heut noch die Sau abstechen. – Stichs du, ich hab heut keinen Spaß daran.

Pause.

HAVLITSCHEK. Darf ich einmal ein offenes Wörterl reden, Herr Oskar?

OSKAR. Dreht sichs um die Sau?

HAVLITSCHEK. Es dreht sich schon um eine Sau, aber nicht um dieselbe Sau. – Herr Oskar, bittschön, nehmens Ihnen das nicht so zu Herzen, das mit Ihrer gewesenen Fräulein Braut, schauns, Weiber gibts wie Mist! Ein jeder Krüppel findt ein Weib und sogar die Geschlechtskranken auch! Und die Weiber sehen sich ja in den entscheidenden Punkten alle ähnlich, glaubens mir, ich meine es ehrlich mit Ihnen! Die Weiber haben keine Seele, das ist nur äußerliches Fleisch! Und man soll so ein Weib auch nicht schonend behandeln, das ist ein Versäumnis, sondern man soll ihr nur gleich das Maul zerreißen oder so!

Pause.

OSKAR. Das Weib ist ein Rätsel, Havlitschek. Eine Sphinx. Ich hab mal der Mariann ihre Schrift zu verschiedenen Grafologen getragen – und der erste hat gesagt, also das ist die Schrift eines Vampirs, und der zweite hat gesagt, das ist eine gute Kameradin, und der dritte hat gesagt, das ist die ideale Hausfrau in persona. Ein Engel.

II
Möbliertes Zimmer im achtzehnten Bezirk

Äußerst preiswert. Um sieben Uhr morgens. Alfred liegt noch im Bett und raucht Zigaretten. Marianne putzt sich bereits die Zähne. In der Ecke ein alter Kinderwagen – auf einer Schnur hängen Windeln. Der Tag ist grau und das Licht trüb.

MARIANNE *(gurgelt).* Du hast mal gesagt, ich sei ein Engel. Ich habe gleich gesagt, dass ich kein Engel bin – dass ich nur ein gewöhnliches Menschenkind bin, ohne Ambitionen. Aber du bist halt ein kalter Verstandesmensch.

ALFRED. Du weißt, dass ich kein Verstandesmensch bin.

MARIANNE. Doch! *(Sie frisiert sich nun.)* Ich müsst mir mal die Haar schneiden lassen.

ALFRED. Ich auch.

Stille.

Mariannderl. Warum stehst denn schon so früh auf?

MARIANNE. Weil ich nicht schlafen kann.

Stille.

ALFRED. Fühlst dich nicht gut in deiner Haut?

MARIANNE. Du vielleicht? *(Sie fixieren sich.)*

ALFRED. Wer hat mir denn die Rennplätz' verleidet? Seit einem geschlagenen Jahr hab ich keinen Buchmacher mehr gesprochen, geschweige denn einen Fachmann –jetzt darf ich mich natürlich aufhängen! Neue Saisons, neue Favoriten! Zweijährige, dreijährige – ich hab keinen Kontakt mehr zur neuen Generation. Und warum nicht? Weil ich ausgerechnet eine Hautcreme verschleiß, die keiner kauft, weil sie miserabel ist!

MARIANNE. Die Leut' haben halt kein Geld.

ALFRED. Nimm nur die Leut' in Schutz!

MARIANNE. Ich mach dir doch keine Vorwürf, du kannst doch nichts dafür.

ALFRED. Das wäre ja noch schöner!

MARIANNE. Als ob ich was für die wirtschaftliche Krise könnt!

ALFRED. Oh du egozentrische Person. – Wer hat mir denn den irrsinnigen Rat gegeben, als Kosmetik-Agent herumzurennen? Du! *(Er steht auf.)* Wo stecken denn meine Sockenhalter?

MARIANNE *(deutet auf einen Stuhl).* Dort.

ALFRED. Nein.

MARIANNE. Dann auf dem Nachtkastl.

ALFRED. Nein.

MARIANNE. Dann weiß ich es nicht.

ALFRED. Du hast es aber zu wissen!

MARIANNE. Nein, genau wie Papa –

ALFRED. Vergleich mich nicht immer mit dem alten Trottel!

MARIANNE. Nicht so laut! Wenn das Kind aufwacht, dann kenn ich mich wieder nicht aus vor lauter Geschrei!

Stille.

ALFRED. Also das mit dem Kind muss auch anders werden. Wir können doch nicht drei Seelen hoch in diesem Loch vegetieren! Das Kind muss weg!

MARIANNE. Das Kind bleibt da.

ALFRED. Das Kind kommt weg.

MARIANNE. Nein. Nie!

Stille.

ALFRED. Wo stecken meine Sockenhalter?

MARIANNE *(sieht ihn groß an).* Weißt du, was das heut für ein Datum ist?

ALFRED. Nein.

MARIANNE. Heut ist der Zwölfte.

Stille.

ALFRED. Was willst du damit sagen?

MARIANNE. Dass das heut ein Gedenktag ist. Heut vor einem Jahr hab ich dich zum ersten Mal gesehen. In unserer Auslag.

ALFRED. Ich bitt dich, red nicht immer in Hieroglyphen! Wir sind doch keine Ägypter! In was für einer Auslag?

MARIANNE. Ich hab grad das Skelett arrangiert und da hast du an die Auslag geklopft. Und da hab ich die Rouleaus heruntergelassen, weil es mir plötzlich unheimlich geworden ist.

ALFRED. Stimmt.

MARIANNE. Ich war viel allein – *(Sie weint leise.)*

ALFRED. So flenn doch nicht schon wieder. – Schau, Marianderl, ich versteh dich ja hundertperzentig mit deinem mütterlichen Egoismus, aber es ist doch nur im Interesse unseres Kindes, dass es aus diesem feuchten Loch herauskommt – hier ist es grau und trüb, und draußen bei meiner Mutter in der Wachau scheint die Sonne.

MARIANNE. Das schon –

ALFRED. Na also!

Stille.

MARIANNE. Über uns webt das Schicksal Knoten in unser Leben – *(Sie fixiert plötzlich Alfred.)* Was hast du jetzt gesagt?

ALFRED. Wieso?

MARIANNE. Du hast gesagt: dummes Kalb.

ALFRED. Aber was!

MARIANNE. Lüg nicht!

ALFRED (*putzt sich die Zähne und gurgelt*).

MARIANNE. Du sollst mich nicht immer beschimpfen.

Stille.

ALFRED (*seift sich nun ein, um sich zu rasieren*). Liebes Kind, es gibt eben etwas, was ich aus tiefster Seel heraus hass – und das ist die Dummheit. Und du stellst dich schon manchmal penetrant dumm. Ich versteh das gar nicht, warum du so dumm bist! Du hast es doch schon gar nicht nötig, dass du so dumm bist!

Stille.

MARIANNE. Du hast mal gesagt, dass ich dich erhöh – in seelischer Hinsicht –

ALFRED. Das hab ich nie gesagt. Das kann ich gar nicht gesagt haben. Und wenn, dann hab ich mich getäuscht.

MARIANNE. Alfred!

ALFRED. Nicht so laut! So denk doch an das Kind!

MARIANNE. Ich hab so Angst, Alfred –

ALFRED. Du siehst Gespenster.

MARIANNE. Du, wenn du jetzt nämlich alles vergessen hast –

ALFRED. Quatsch!

III

Kleines Café im zweiten Bezirk

DER HIERLINGER FERDINAND (*spielt gegen sich selbst Billard*).

ALFRED (*kommt*).

DER HIERLINGER FERDINAND. Servus Alfred! Na das ist aber hübsch, dass ich dich wieder mal seh – was machst denn für ein fades Gesicht?

ALFRED. Ich bin halt sehr nervös.

DER HIERLINGER FERDINAND. Nervosität ist nie gut. Komm sei so gut und spiel mit mir, damit du auf andere Gedanken kommst – (*Er reicht ihm ein Queue.*) Bis fünfzig und du fängst an!

ALFRED. Bon. (*Er patzt.*) Aus ist!

DER HIERLINGER FERDINAND (*kommt dran*). Ist das jetzt wahr, dass du wieder ein Bankbeamter geworden bist?

ALFRED. Ist ja alles überfüllt!

DER HIERLINGER FERDINAND. Cherchez la femme! Wenn die Lieb erwacht, sitzt der Verstand im Hintern!

ALFRED. Mein lieber Ferdinand – hier dreht es sich nicht um den kühlen Kopf, sondern um ein ganz anderes Organ – *(Er legt seine Hand aufs Herz.)* Es gibt ein Märchen von Andersen, wo der unartige Knabe dem guten alten Dichter mitten ins Herz schießt – Amor, lieber Ferdinand, Gott Amor!

DER HIERLINGER FERDINAND *(ist in seine Serie vertieft).* Da hätt man buserieren solln –

ALFRED. Ich bin halt ein weicher Mensch, und sie hat an meine Jugendideale appelliert. Zuerst war ja eine gewisse normale Leidenschaftlichkeit dabei – und dann, wie der ursprüngliche Reiz weg war, kam das Mitleid bei mir. Sie ist halt so ein Typ, bei dem der richtige Mann mütterlich wird, obwohl sie manchmal schon ein boshaftes Luder ist. Meiner Seel, ich glaub, ich bin ihr hörig!

DER HIERLINGER FERDINAND. Hörigkeit ist eine Blutfrage. Eine Temperaturfrage des Blutes.

ALFRED. Glaubst du?

DER HIERLINGER FERDINAND. Bestimmt.

Stille.

DER HIERLINGER FERDINAND. Du bist dran: Elf!

ALFRED *(spielt nun).*

DER HIERLINGER FERDINAND. Alfred! Weißt du aber auch, was meine Grenzen total übersteigt? Sich in der heutigen Krise auch noch ein Kind anzuschaffen –

ALFRED. Gott ist mein Zeuge, dass ich nie ein Kind hab haben wollen, das hat nur sie haben wollen – und dann ist es halt so von allein gekommen. Ich wollte es ja gleich stante pede wegmachen lassen, aber sie hat sich schon direkt fanatisch dagegen gesträubt, und ich hab schon sehr energische Saiten aufziehen müssen, bis ich sie endlich so weit gehabt hab, dass sie sich der Prozedur unterzieht – kannst dir das Affentheater vorstellen! Eine kostspielige Prozedur war das, meiner Seel – und dann wars doch nur für die Katz! Pech muss der Mensch haben, und das genügt!

MARIANNE *(erscheint).*

ALFRED *(erblickt sie und ruft ihr zu).* Setz dich nur dorthin – ich spiel hier nur meine Partie zu End!

MARIANNE *(setzt sich an einen Tisch und blättert in Modejournalen).*

Stille.

DER HIERLINGER FERDINAND. Ist das deine Donna?

ALFRED. Yes.

Stille.

DER HIERLINGER FERDINAND. Also das war deine Donna. Komisch. Jetzt lebt mein lieber guter Freund Alfred schon über ein Jahr mit so einem Frauerl zusammen und ich seh sie erst heut zum ersten Mal. – Eigentlich machen das ja sonst nur die eifersüchtigen Bosniaken, dass sie ihre Lieblingsweiber vor ihren besten Freunden wegsperren.

ALFRED. Hier ist aber das Gegenteil der Fall. Nicht ich hab sie, sondern sie hat mich von meinen besten Freunden abgeriegelt –

DER HIERLINGER FERDINAND *(unterbricht ihn).* Wie heißt sie denn eigentlich?

ALFRED. Marianne. *(Stille.)* Gefällts dir?

DER HIERLINGER FERDINAND. Ich hab mir sie eigentlich anders vorgestellt.

ALFRED. Wieso?

DER HIERLINGER FERDINAND. Etwas molliger.

ALFRED. Noch molliger?

DER HIERLINGER FERDINAND. Ich weiß nicht, warum. Man macht sich ja unwillkürlich so Vorstellungen.

Stille.

ALFRED. Sie ist ganz schön mollig. Molliger als wie du denkst.

Stille.

DER HIERLINGER FERDINAND. Scheißlich, scheißlich! Also das war schon ein grandioser Blödsinn, dass du mit der verrückten Trafikantin gebrochen hast! Du wärst heute versorgt und ohne Sorgen!

ALFRED. Über die Vergangenheit zu plauschen hat keinen Sinn! Hilf mir lieber, dass ich möglichst schmerzlos für alle Teile aus dieser unglückseligen Bindung herauskomm!

DER HIERLINGER FERDINAND. Das ist nicht so einfach. Ihr seid natürlich wirtschaftlich nicht auf Rosen gebettet.

ALFRED. Auf Dornen, lieber Ferdinand! Auf Dornen und Brennnesseln, wie der alte selige Hiob.

Stille.

DER HIERLINGER FERDINAND. Wo steckt denn das Kind?

ALFRED. Bei meiner Mutter. Draußen in der Wachau. Endlich!

DER HIERLINGER FERDINAND. Das erleichtert natürlich die Lage. Ich würd halt jetzt danach trachten, dass sich deine liebe Mariann ad eins finanziell selbstständig sichert – dass sie sich nämlich irgendwie in das Berufsleben einschaltet: Eine Geliebte mit Beruf unterhöhlt auf die Dauer bekanntlich jede Liebesverbindung, sogar die Ehe! Das ist doch auch ein Hauptargument unserer Kirche in ihrem Kampfe gegen die berufstätige Frau, weil eine solche halt familienzerstörend wirkt – und glaubst denn du, dass die Kardinäl' dumm sind? Das sind die Besten der Besten, unsere fähigsten Köpf'!

ALFRED. Das schon. Aber die Mariann hat doch nichts gelernt in puncto Berufsleben. Das Einzige, wofür sie Interesse hat, ist die rhythmische Gymnastik.

DER HIERLINGER FERDINAND. Rhythmische Gymnastik ist immer gut!

ALFRED. Glaubst du?

DER HIERLINGER FERDINAND. Bestimmt!

ALFRED. Ich glaub, ich kann schon gar nicht mehr glauben.

DER HIERLINGER FERDINAND. Rhythmische Gymnastik ist zu guter Letzt nur eine Abart der Tanzerei – und da winkt uns vielleicht ein Stern. Ich kenne nämlich auf dem Gebiete der Tanzerei eine Baronin mit internationalen Verbindungen und die stellt so Ballette zusammen für elegante Etablissements – das wären doch eventuell Entfaltungsmöglichkeiten! Abgesehen davon, dass mir diese Baronin sehr verpflichtet ist.

ALFRED. Ich wär dir ja ewig dankbar –

DER HIERLINGER FERDINAND. Ich bin dein Freund und das genügt mir! Weißt was, wenn ich jetzt gleich geh, dann erwisch ich die Baronin noch beim Bridge – also Servus, lieber Alfred! Sei so gut und leg den Schwarzen für mich aus! Und Kopf hoch, du hörst von mir, und es wird schon alles wieder gut! *(Ab.)*

ALFRED *(nähert sich mit seinem Queue langsam Marianne und setzt sich an ihren Tisch).*

MARIANNE. Wer hat denn gewonnen?

ALFRED. Ich habe verloren, weil ich halt Glück in der Liebe hab – *(Er lächelt, starrt aber plötzlich auf ihren Hals.)* Was hast denn dort?

MARIANNE. Da? Das ist ein Amulett.

ALFRED. Was für ein Amulett?

MARIANNE. Der heilige Antonius.

ALFRED. Der heilige Antonius – seit wann denn?

Stille.

MARIANNE. Als ich noch klein gewesen bin, und wenn ich etwas verloren hab, dann hab ich nur gesagt: Heiliger Antonius, hilf mir doch! – Und schon hab ich es wiedergefunden.

Stille.

ALFRED. War das jetzt symbolisch?

MARIANNE. Es war nur so überhaupt –

Stille.

ALFRED. Ich für meine Person glaub ja nicht an ein Fortleben nach dem Tode, aber natürlich glaub ich an ein höheres Wesen, das gibt es nämlich sicher, sonst gäbs uns ja nicht. – Hör mal her, du heiliger Antonius, ich hätt dir was eventuell Wichtiges zu erzählen. –

IV
Bei der Baronin mit den internationalen Verbindungen

Helene, die blinde Schwester der Baronin, sitzt im Salon am Spinett und fantasiert. Jetzt erscheint der Hierlinger Ferdinand mit Marianne, geleitet von dem Dienstbot.

HELENE *(unterbricht ihre Fantasien).* Anna! Wer ist denn da?

DER DIENSTBOT. Der gnädige Herr von Hierlinger und ein Fräulein. *(Ab.)*

DER HIERLINGER FERDINAND. Küss die Hand, Komtess!

HELENE *(erhebt sich und tappt auf ihn zu).* Ach guten Tag, Herr von Hierlinger! Das freut mich aber, dass wir uns wieder mal sehen –

DER HIERLINGER FERDINAND. Ganz meinerseits, Komtess! Ist die Baronin da?

HELENE. Ja, meine Schwester ist zu Haus, sie hat aber grad mit dem Installateur zu tun – ich hab nämlich neulich etwas Unrechtes in den Ausguss geworfen, und jetzt ist alles verstopft – wen habens denn da mitgebracht, Herr von Hierlinger?

DER HIERLINGER FERDINAND. Das ist eine junge Dame, die ein starkes Interesse an der rhythmischen Gymnastik hat – ich hab sie der Baronin bereits avisiert. Darf ich bekannt machen –

HELENE *(unterbricht ihn).* Oh, sehr angenehm! Ich kann Sie ja leider nicht sehen, aber Sie haben eine sympathische Hand. – So lassens mir doch Ihre Hand, Sie Fräulein mit der Hand –

DER HIERLINGER FERDINAND. Die Komtess Helen kann nämlich ganz exorbitant handlesen.

Stille.

MARIANNE. Was hab ich denn für eine Hand?

HELENE *(hält noch immer ihre Hand fest).* Das ist nicht so einfach, liebes Kind, wir Blinden müssen uns nämlich nach dem Tastgefühl orientieren. – Sie haben noch nicht viel hinter sich, mehr vor sich –

MARIANNE. Was denn?

BARONIN *(mit kosmetischer Gesichtsmaske tritt unbemerkt ein und lauscht).*

HELENE. Ich möcht fast sagen, das ist eine genießerische Hand. – Sie haben doch auch ein Kind, nicht?

MARIANNE. Ja.

DER HIERLINGER FERDINAND. Fabelhaft! Fabelhaft!

HELENE. Bub oder Mädel?

MARIANNE. Bub.

Stille.

HELENE. Ja, Sie werden noch viel Freud haben mit dem Buben – der wird schon noch was Richtiges –

MARIANNE *(lächelt).* Wirklich?

BARONIN. Helen! Was treibst denn da schon wieder für einen Unsinn! Bist doch keine Zigeunerin! Schau lieber, dass du nicht wieder das Klosett verstopfst, mein Gott, ist das da draußen eine Schweinerei! Du und Handlesen! Ist ja paradox! *(Sie nimmt die Gesichtsmaske ab.)*

HELENE. Oh, ich hab meine Ahnungen!

BARONIN. Hättest du lieber eine Ahnung gehabt in puncto Klosett! Die Schweinerei kostet mich wieder fünf Schilling! Wer lebt denn da, wer lebt denn da?! Ich von dir oder du von mir?!

Stille.

BARONIN. Also lieber Hierlinger, das wäre also das Fräulein, über das wir vorgestern telefoniert haben.

DER HIERLINGER FERDINAND. Das wäre es. *(Leise.)* Und bittschön: Gefälligkeit gegen Gefälligkeit.

BARONIN *(droht ihm neckisch mit dem Zeigefinger).* Kleine Erpressung gefällig?

DER HIERLINGER FERDINAND. Der Zeigefinger hat mir nicht gefallen, der Zeigefinger –

BARONIN. Ein Ehrenmann – *(Sie lässt ihn giftig stehen und geht nun um Marianne herum – betrachtet sie von allen Seiten.)* Hm. Sagen Sie, Fräulein, Sie haben also starkes Interesse an der rhythmischen Gymnastik?

MARIANNE. Ja.

BARONIN. Und Sie möchten dieses Ihr vorhandenes Interesse praktisch auswerten?

MARIANNE. Ja.

BARONIN. Können Sie singen?

MARIANNE. Singen?

BARONIN. Ich geh von dem Grundsatz aus, dass es ein Nichtkönnen nicht gibt. Man kann alles, wenn man nur will! Die Tanzgruppen, die ich zusammenstell, sind internationale Attraktionen für erstklassige Vergnügungsetablissements. Sie können also nicht singen?

MARIANNE. Leider –

BARONIN. Habens denn in der Schul nicht singen gelernt?

MARIANNE. Das schon.

BARONIN. Na also! Ich möcht doch nur Ihre Stimm hören! Kennens denn kein Wienerlied, Sie sind doch Wienerin – irgendein Heimatlied –

MARIANNE. Vielleicht das Lied von der Wachau?

BARONIN. Also schön! Los! Das Lied von der Wachau!

MARIANNE *(singt – am Spinett: Helene).*

Es kam einst gezogen ein Bursch ganz allein
Und wanderte froh in den Abend hinein.
Da flog ein Lächeln ihm zu und ein Blick.
Er dachte noch lange daran zurück.
Ein rosiges Antlitz, ein goldener Schopf,
Zwei leuchtende Augen, ein Mädchenkopf.
Das Mädel, das ging ihm nicht mehr aus dem Sinn,
Und oft sang er vor sich hin:
Da draußen in der Wachau
Die Donau fließt so blau,
Steht einsam ein Winzerhaus,
Da schaut ein Mädel heraus.
Hat Lippen rot wie Blut,
Und küssen kanns so gut,
Die Augen sind veilchenblau
Vom Mädel in der Wachau.

V
Draußen in der Wachau

Auch hier scheint die Sonne wie dazumal – nur dass nun vor dem Häuschen ein alter Kinderwagen steht.

DIE MUTTER *(zu Alfred).* Er sieht dir sehr ähnlich, der kleine Leopold – und schreit auch nicht viel. Auch du warst so ein sanftes Kind.

ALFRED. Ich freu mich nur, dass ich ihn nicht in Wien hab. Hier heraußen in der guten Luft wird er besser gedeihen, als wie drinnen in unserer Kasern.

DIE MUTTER. Tritt die Mariann jetzt schon auf beim Ballett?

ALFRED. Nein, erst ab nächsten Samstag.

Stille.

DIE MUTTER *(besorgt).* Du hast mal gesagt, wenn du ein Kind hast, dann würdest du heiraten. Ist das noch so?

ALFRED. Du hast mal gesagt, ich könnt eine gute Partie machen.

Stille.

DIE MUTTER. Natürlich ist das kein Glück, diese Verbindung.

ALFRED. Könnt ich jetzt mal die liebe Großmutter sprechen?

DIE MUTTER. Ich werds ihr gleich sagen – ich muss jetzt sowieso noch in den Keller. *(Ab in das Häuschen.)*

ALFRED *(allein; er beugt sich über den Kinderwagen und betrachtet sein Kind).*

DIE GROSSMUTTER *(tritt aus dem Häuschen).* Der Herr wünschen?

ALFRED. Hast es dir nun überlegt?

DIE GROSSMUTTER. Ich hab kein Geld. Solang du mit der Person zusammenlebst, hab ich kein Geld! Lebt sich da in wilder Ehe zusammen wie in einem Hundestall, setzt Bankerten in die Welt, die nur anderen zur Last fallen, und schämt sich nicht, von seiner alten Großmutter noch Geld zu verlangen! Keinen Kreuzer! Keinen Kreuzer!

ALFRED. Letztes Wort?

DIE GROSSMUTTER. Hundestall! Hundestall!

ALFRED. Du alte Hex.

Stille.

DIE GROSSMUTTER. Was hast du gesagt?

ALFRED *(schweigt).*

DIE GROSSMUTTER. Traust es dir noch einmal zu sagen?

ALFRED. Warum nicht?

DIE GROSSMUTTER. So sags doch!

ALFRED. Hex. Alte Hex.

DIE GROSSMUTTER *(nähert sich ihm langsam und kneift ihn in den Arm).*

ALFRED *(lächelt).* Wie bitte?

DIE GROSSMUTTER *(kneift ihn).* Na wart, du wirst es schon noch spüren! Da und da und da!

ALFRED *(schüttelt sie ab, da er nun tatsächlich was spürt).* Um mir weh zu tun, dazu gehören Leut', aber keine Frösch'!

DIE GROSSMUTTER *(weint vor Wut).* Gib mir mein Geld zurück, du Schuft! Mein Geld möcht ich haben, Haderlump, Verbrecher!

ALFRED *(lacht).*

DIE GROSSMUTTER *(kreischt).* Lach nicht! *(Sie versetzt ihm einen Hieb mit ihrem Krückstock.)*

ALFRED. Au!

Stille.

DIE GROSSMUTTER *(grinst befriedigt).* Hast mich gespürt? Hast mich jetzt gespürt?

ALFRED. Du Hex. Du alte Hex.

DIE GROSSMUTTER *(hebt triumphierend den Krückstock).*

ALFRED. Untersteh dich!

DIE GROSSMUTTER. Hab nur keine Angst – du dummer Bub. Oh, ich krieg dich schon noch runter – ich krieg meine Leut' schon noch runter. – Eieiei, da hängt dir ja schon wieder ein Knopf – wie kann man sich nur mit so einer schlamperten Weibsperson –

ALFRED *(unterbricht sie).* Also schlampert ist sie nicht!

Stille.

DIE GROSSMUTTER. Sie hat einen viel zu großen Mund.

ALFRED. Geschmacksach!

DIE GROSSMUTTER. Wart, ich näh dir jetzt nur den Knopf an – *(Sie näht ihn an.)* Was brauchst du überhaupt eine Frau, so wie deine alte Großmutter wird dir keine den Knopf annähen – bist es ja gar nicht wert, dass man sich um dich sorgt – schafft sich mit dem Bettelweib auch noch ein Kind an, ein Kind!

ALFRED. Aber das kann doch vorkommen.

DIE GROSSMUTTER. So ein Leichtsinn, so ein Leichtsinn!

ALFRED. Du weißt doch, dass ich alle Hebel in Bewegung gesetzt hab – aber es sollte halt nicht sein.

Stille.

DIE GROSSMUTTER. Bist ein armer Teufel, lieber Alfred –

ALFRED. Warum?

DIE GROSSMUTTER. Dass du immer solchen Weibern in die Händ' fallen musst –

Stille.

DIE GROSSMUTTER. Du, Alfred, wenn du dich jetzt von deinem Marianderl trennst, dann tät ich dir was leihen –

Stille.

ALFRED. Wieso?

DIE GROSSMUTTER. Hast mich denn nicht verstanden?

Stille.

ALFRED. Wie viel?

DIE GROSSMUTTER. Bist doch noch jung und schön –

ALFRED *(deutet auf den Kinderwagen).* Und das dort?

DIE GROSSMUTTER. An das denk jetzt nicht. Fahr nur mal fort –

Stille.

ALFRED. Wohin?

DIE GROSSMUTTER. Nach Frankreich. Dort gehts jetzt noch

am besten, hab ich in der Zeitung gelesen. – Wenn ich jung wär, ich tät sofort nach Frankreich –

VI
Und wieder in der stillen Straße im achten Bezirk

Es ist bereits am späten Nachmittag und die Realschülerin im zweiten Stock spielt den „Frühlingsstimmen-Walzer“ von Johann Strauß.

OSKAR *(steht in der Tür seiner Fleischhauerei und manikürt sich mit seinem Taschenmesser).*

RITTMEISTER *(kommt von links und grüßt Oskar).*

OSKAR *(verbeugt sich).*

RITTMEISTER. Also das muss ich schon sagen: die gestrige Blutwurst – Kompliment! First class!

OSKAR. Zart, nicht?

RITTMEISTER. Ein Gedicht. *(Er nähert sich der Tabak-Trafik.)*

VALERIE *(erscheint in der Tür ihrer Tabak-Trafik).*

RITTMEISTER *(grüßt).*

VALERIE *(dankt).*

RITTMEISTER. Dürft ich mal die Ziehungsliste?

VALERIE *(reicht sie ihm aus dem Ständer vor der Tür).*

RITTMEISTER. Küss die Hand! *(Er vertieft sich in die Ziehungsliste und nun ist der Walzer aus.)*

ZAUBERKÖNIG *(begleitet die gnädige Frau aus der Puppenklinik).*

DIE GNÄDIGE FRAU. Ich hatte hier schon mal Zinnsoldaten gekauft, voriges Jahr – aber damals ist das ein sehr höfliches Fräulein gewesen.

ZAUBERKÖNIG *(mürrisch).* Möglich.

DIE GNÄDIGE FRAU. Das Fräulein Tochter?

ZAUBERKÖNIG. Ich habe keine Tochter! Ich hab noch nie eine Tochter gehabt!

DIE GNÄDIGE FRAU. Schad. Also Sie wollen mir die Schachtel Zinnsoldaten nicht nachbestellen?

ZAUBERKÖNIG. Ich hab das Ihnen doch schon drinnen gesagt, dass mir diese Nachbestellerei viel zu viel Schreiberei macht – wegen einer einzigen Schachtel! Kaufens doch dem herzigen Bams was Ähnliches! Vielleicht eine gediegene Trompeten!

DIE GNÄDIGE FRAU. Nein! Adieu! *(Sie lässt ihn verärgert stehen und ab.)*

ZAUBERKÖNIG. Küss die Hand! Krepier! *(Ab in seine Puppenklinik.)*

VALERIE *(boshaft).* Was haben wir denn wieder gewonnen, Herr Rittmeister?

ERICH *(tritt aus der Tabak-Trafik und will rasch ab).*

VALERIE. Halt! Was hast du da?

ERICH. Fünf Memphis.

VALERIE. Schon wieder? Raucht wie ein Erwachsener!

RITTMEISTER und OSKAR *(horchen).*

ERICH *(gedämpft).* Wenn ich nicht rauche, kann ich nicht arbeiten. Wenn ich nicht arbeite, werde ich niemals Referendar – und wenn ich das nicht werde, dann werde ich wohl kaum jemals in die Lage kommen, meine Schulden rückerstatten zu können.

VALERIE. Was für Schulden?

ERICH. Das weißt du! Ich bin korrekt, Madame.

VALERIE. Korrekt? Du willst mir schon wieder wehtun?

ERICH. Wehtun? Ehrensache! Ich zahle meine Schulden bis auf den letzten Pfennig – und wenn ich hundert Jahr' zahlen müsste! Wir lassen uns nichts nachsagen, Ehrensache! Ich muss jetzt ins Kolleg! *(Ab.)*

VALERIE *(starrt ihm nach).* Ehrensache. Bestie –

RITTMEISTER und OSKAR *(grinsen, jeder für sich).*

RITTMEISTER *(revanchiert sich boshaft).* Und wie geht's ansonsten, liebe Frau Valerie?

ERICH *(erscheint plötzlich wieder; zum Rittmeister).* Sie haben zuvor gegrinst? Herr!

VALERIE *(ängstlich).* Kennen sich die Herren schon?

RITTMEISTER. Vom Sehen aus –

ERICH. Sie sind Österreicher? Fesch, aber feig!

VALERIE. Erich!

RITTMEISTER. Was hat er gesagt?

ERICH. Ich habe gesagt, dass die Österreicher im Krieg schlappe Kerle waren und wenn wir Preußen nicht gewesen wären –

RITTMEISTER *(fällt ihm ins Wort).* Dann hätten wir überhaupt keinen Krieg gehabt!

ERICH. Und Sarajevo? Und Bosnien-Herzegowina?

RITTMEISTER. Was wissen denn Sie schon vom Weltkrieg, Sie Grünschnabel?! Was Sie in der Schul gelernt haben und sonst nichts!

ERICH. Ist immer noch besser, als alten Jüdinnen das Bridgespiel beizubringen!

VALERIE. Erich!

RITTMEISTER. Ist immer noch besser, als sich von alten Trafikantinnen aushalten zu lassen!

VALERIE. Herr Rittmeister!

RITTMEISTER. Pardon! Das war jetzt ein Fauxpas! Ein Lapsus linguae – *(Er küsst ihre Hand.)* Bedauerlich, sehr bedauerlich. Aber dieser grüne Mensch da hat in seinem ganzen Leben noch keine fünf Groschen selbstständig verdient!

ERICH. Herr!

VALERIE. Nur kein Duell, um Gottes willen!

ERICH. Satisfaktionsfähig wären Sie ja.

RITTMEISTER. Wollen Sie vors Ehrengericht?

VALERIE. Jesus Maria Josef!

ERICH. Ich lass mich doch nicht beleidigen!

RITTMEISTER. Mich kann man gar nicht beleidigen! Sie nicht!

VALERIE. Aber ich bitt euch! Nein, dieser Skandal – *(Schluchzend ab in ihre Tabak-Trafik.)*

RITTMEISTER. Ich lass mir doch von diesem Preußen keine solchen Sachen sagen. Wo waren denn Ihre Hohenzollern, als unsere Habsburger schon römisch-deutsche Kaiser waren?! Draußen im Wald!

ERICH. Jetzt ist es ganz aus. *(Ab.)*

RITTMEISTER *(ruft ihm nach).* Da habens zwanzig Groschen und lassen Sie sich mal den Schopf abschneiden, Sie Kakadu! *(Er kehrt um und will leger nach links ab – hält aber nochmals vor der Fleischhauerei; zu Oskar.)* Apropos, was ich noch hab sagen wollen: Sie schlachten doch heut noch die Sau?

OSKAR. Ich habs vor, Herr Rittmeister.

RITTMEISTER. Geh, reservierens für mich ein schönes Stückerl Nieren –

OSKAR. Aber gern, Herr Rittmeister!

RITTMEISTER. Küss die Hand! *(Ab nach links.)*

Und nun spielt die Realschülerin im zweiten Stock wieder, und zwar den Walzer „Über den Wellen".

ALFRED *(kommt langsam von links).*

OSKAR *(wollte zurück in seine Fleischhauerei, erblickt nun aber Alfred, der ihn nicht bemerkt, und beobachtet ihn heimlich).*

ALFRED *(hält vor der Puppenklinik und macht in Erinnerung – dann stellt er sich vor die offene Tür der Tabak-Trafik und starrt hinein).*

Pause.

ALFRED *(grüßt).*

Pause.

VALERIE *(erscheint langsam in der Tür – und der Walzer bricht wieder ab, wieder mitten im Takt).*

Stille.

ALFRED. Könnt ich fünf Memphis haben?

VALERIE. Nein.

Stille.

ALFRED. Das ist aber doch hier eine Tabak-Trafik – oder?

VALERIE. Nein.

Stille.

ALFRED. Ich komm jetzt hier nur so vorbei, per Zufall –

VALERIE. Ach!

ALFRED. Ja.

Stille.

VALERIE. Und wie geht es dem Herrn Baron?

ALFRED. So lala.

VALERIE. Und dem Fräulein Braut?

ALFRED. Auch lala.

VALERIE. Ach!

Stille.

ALFRED. Und dir gehts unberufen?

VALERIE. Man hat, was man braucht.

ALFRED. Alles?

VALERIE. Alles. Er ist Jurist.

ALFRED. Und so was wird mal Advokat.

VALERIE. Bitte?

ALFRED. Ich gratulier.

Stille.

VALERIE. Wo steckt denn die arme Mariann?

ALFRED. Ich werd sie wohl aus den Augen verlieren –

Stille.

VALERIE. Also du bist schon ein grandioser Schuft, das muss dir dein größter Feind lassen.

ALFRED. Valerie. Wer unter euch ohne Sünden ist, der werfe den ersten Stein auf mich.

VALERIE. Bist du krank?

ALFRED. Nein. Nur müd. Und gehetzt. Man ist ja nicht mehr der Jüngste.

VALERIE. Seit wann denn?

ALFRED. Ich fahr noch heut Abend nach Frankreich. Nach Nancy. Ich denk nämlich, dass ich dort vielleicht was Passenderes für mich bekommen werd, in der Speditionsbranche – hier müsst ich heut nämlich zu sehr unter mein Niveau herunter.

VALERIE. Und was machen denn die Pferdchen?

ALFRED. Keine Ahnung! Und dann fehlt mir auch das Kapital –

Stille.

VALERIE. Wenn ich Zeit hab, werd ich dich bedauern.

ALFRED. Möchst, dass es mir schlecht geht?

VALERIE. Gehts dir denn rosig?

ALFRED. Möchst das hören?

Stille.

ALFRED. Ich bin jetzt hier nur so vorbeigegangen, per Zufall – so aus einer wehmütigen Melancholie heraus – an die Stätten der Vergangenheit – *(Ab.)*

Und nun wird der Walzer „Über den Wellen" wieder weitergespielt.

VALERIE *(erblickt Oskar).* Herr Oskar! Jetzt ratens doch mal, mit wem ich grad dischkuriert hab?

OSKAR. Ich hab ihn gesehen.

VALERIE. So? Es geht ihnen schlecht.

OSKAR. Ich hab alles gehört.

Pause.

VALERIE. Noch ist er stolz wie ein Spanier –

OSKAR. Hochmut kommt vor dem Fall – Arme Mariann –

VALERIE. Mir scheint gar, Sie sind im Stand und heiraten noch die Mariann, jetzt nachdem sie wieder frei ist –

OSKAR. Wenn sie das Kind nicht hätt –

VALERIE. Wenn mir jemand das angetan hätt –

OSKAR. Ich hab sie noch immer lieb – vielleicht stirbt das Kind –

VALERIE. Herr Oskar!

OSKAR. Wer weiß! Gottes Mühlen mahlen langsam, mahlen aber furchtbar klein. Ich werd an meine Mariann denken – ich nehme jedes Leid auf mich, wen Gott liebt, den prüft er. – Den straft er. Den züchtigt er. Auf glühendem Rost, in kochendem Blei –

VALERIE *(schreit ihn an).* Hörens auf, seiens so gut!

OSKAR *(lächelt).*

HAVLITSCHEK *(kommt aus der Fleischhauerei).* Also was ist jetzt? Soll ich jetzt die Sau abstechen oder nicht?

OSKAR. Nein, Havlitschek. Ich werd sie jetzt schon selber abstechen, die Sau –

Jetzt läuten die Glocken.

VII
Im Stephansdom

Vor dem Seitenaltar des heiligen Antonius. Marianne beichtet. Die Glocken verstummen und es ist sehr still auf der Welt.

BEICHTVATER. Also rekapitulieren wir: Du hast deinem armen alten Vater, der dich über alles liebt und der doch immer nur dein Bestes wollte, schmerzlichstes Leid zugefügt, Kummer und Sorgen, warst ungehorsam und undankbar – hast deinen braven Bräutigam verlassen und hast dich an ein verkommenes Subjekt geklammert, getrieben von deiner Fleischeslust – still! Das kennen wir schon! Und so lebst du mit jenem erbärmlichen Individuum ohne das heilige Sakrament der Ehe schon über das Jahr, und in diesem grauenhaften Zustand der Todsünde hast du dein Kind empfangen und geboren – wann?

MARIANNE. Vor acht Wochen.

BEICHTVATER. Und du hast dieses Kind der Schande und der Sünde nicht einmal taufen lassen. – Sag selbst: kann denn bei all dem etwas Gutes herauskommen? Nie und nimmer! Doch nicht genug! Du bist nicht zurückgeschreckt und hast es sogar in deinem Mutterleib töten wollen –

MARIANNE. Nein, das war er! Nur ihm zulieb hab ich mich dieser Prozedur unterzogen!

BEICHTVATER. Nur ihm zulieb?

MARIANNE. Er wollte doch keine Nachkommen haben, weil die Zeiten immer schlechter werden und zwar voraussichtlich unabsehbar – aber ich – nein, das brennt mir in der Seele, dass ich es hab abtreiben wollen, ein jedes Mal, wenn es mich anschaut –

Stille.

BEICHTVATER. Ist das Kind bei euch?

MARIANNE. Nein.

BEICHTVATER. Sondern?

MARIANNE. Bei Verwandten. Draußen in der Wachau.

BEICHTVATER. Sind das gottesfürchtige Leut'?

MARIANNE. Gewiss.

Stille.

BEICHTVATER. Du bereust es also, dass du es hast töten wollen?

MARIANNE. Ja.

BEICHTVATER. Und auch, dass du mit jenem entmenschten Subjekt in wilder Ehe zusammenlebst?

Stille.

MARIANNE. Ich dachte mal, ich hätte den Mann gefunden, der mich ganz und gar ausfüllt. –

BEICHTVATER. Bereust du es?

Stille.

MARIANNE. Ja.

BEICHTVATER. Und dass du dein Kind im Zustand der Todsünde empfangen und geboren hast – bereust du das?

Stille.

MARIANNE. Nein. Das kann man doch nicht –

BEICHTVATER. Was sprichst du da?

MARIANNE. Es ist doch immerhin mein Kind –

BEICHTVATER. Aber du –

MARIANNE *(unterbricht ihn).* Nein, das tu ich nicht. – Nein, davor hab ich direkt Angst, dass ich es bereuen könnt. – Nein, ich bin sogar glücklich, dass ich es hab, sehr glücklich –

Stille.

BEICHTVATER. Wenn du nicht bereuen kannst, was willst du dann von deinem Herrgott?

MARIANNE. Ich dachte, mein Herrgott wird mir vielleicht etwas sagen –

BEICHTVATER. Du kommst also nur dann zu Ihm, wenn es dir schlecht geht?

MARIANNE. Wenn es mir gut geht, dann ist Er ja bei mir – aber nein, das kann Er doch nicht von mir verlangen, dass ich das bereu – das wär ja wider jede Natur –

BEICHTVATER. So geh! Und komme erst mit dir ins Reine, ehe du vor unseren Herrgott trittst. – *(Er schlägt das Zeichen des Kreuzes.)*

MARIANNE. Dann verzeihen Sie. – *(Sie erhebt sich aus dem Beichtstuhl, der sich nun auch in der Finsternis auflöst – und nun hört man das Gemurmel einer Litanei; allmählich kann man die Stimme des Vorbeters von den Stimmen der Gemeinde unterscheiden; Marianne lauscht – die Litanei endet mit einem Vaterunser; Marianne bewegt die Lippen.)*

Stille.

MARIANNE. Amen.

Stille.

MARIANNE. Wenn es einen lieben Gott gibt – was hast du mit mir vor, lieber Gott? – Lieber Gott, ich bin im achten Bezirk geboren und hab die Bürgerschul besucht, ich bin kein schlechter Mensch – hörst du mich? – Was hast du mit mir vor, lieber Gott? –

Stille.

Ende des zweiten Teiles

DRITTER TEIL

I
Beim Heurigen

Mit Schrammelmusik und Blütenregen. Große weinselige Stimmung – und mittendrunter drin der Zauberkönig, Valerie und Erich.

ALLES *(singt).*

Da draußen in der Wachau
Die Donau fließt so blau,
Steht einsam ein Winzerhaus,
Da schaut ein Mädel heraus.
Hat Lippen rot wie Blut,
Und küssen kanns so gut,
Die Augen sind veilchenblau
Vom Mädel in der Wachau.

Es wird ein Wein sein,
Und wir werden nimmer sein.
Es wird schöne Mädeln geben,
Und wir werden nimmer leben –

Jetzt wirds einen Augenblick totenstill beim Heurigen – aber dann singt wieder alles mit verdreifachter Kraft.

Drum gehn wir gern nach Nussdorf naus,
Da gibts a Hetz, a Gstanz,
Da hörn wir ferne Tanz,
Da lass ma fesche Jodler naus
Und gengan in der Fruah
Mitn Schwomma zhaus, mitn Schwomma zhaus!

Begeisterung; Applaus; zwischen den Tischen wird getanzt, und zwar auf den Radetzkymarsch. – Alles ist nun schon ziemlich benebelt.

ZAUBERKÖNIG. Bravo, bravissimo! Heut bin ich wieder der Alte! Da capo, da capo! *(Er greift einem vorübertanzenden Mädchen auf die Brüste.)*

DER KAVALIER DES MÄDCHENS *(schlägt ihm auf die Hand).* Hand von der Putten!

DAS MÄDCHEN. Das sind doch meine Putten!

ZAUBERKÖNIG. Putten her, Putten hin! Ein jeder Erwachsene

hat seine Sorgen, und heut möcht ich alles vergessen! Heut kann mich die ganze Welt!

ERICH. Mal herhören, Leute! Ich gestatte mir hiermit auf den famosen Wiener Heurigen ein ganz exorbitantes Heil – *(Er verschüttet seinen Wein.)*

VALERIE. Nicht so stürmisch, junger Mann! Meiner Seel, jetzt hat er mich ganz bespritzt!

ERICH. Aber das kann doch vorkommen! Ehrensache!

ZAUBERKÖNIG. Hat er dich nassgemacht? Armes Waserl!

VALERIE. Durch und durch – bis auf die Haut.

ZAUBERKÖNIG. Bis auf deine Haut –

VALERIE. Bist du a schon narrisch?

ERICH. Stillgestanden! *(Er knallt die Hacken zusammen und steht still.)*

ZAUBERKÖNIG. Was hat er denn?

VALERIE. Das bin ich schon gewöhnt. Wenn er sich besoffen hat, dann kommandiert er sich immer selber.

ZAUBERKÖNIG. Wie lang dass der so still stehen kann. – Stramm! Sehr stramm! Respekt! Es geht wieder aufwärts mit uns! *(Er fällt unter den Tisch.)*

VALERIE. Jesus Maria!

ZAUBERKÖNIG. Der Stuhl ist zerbrochen – einen anderen Stuhl, Herr Ober! He, einen anderen Stuhl!! *(Er singt mit der Musik.)* Ach, ich hab sie ja nur auf die Schulter geküsst – und schon hab ich den Patsch verspürt mit dem Fächer ins Gesicht –

DER OBER *(bringt nun eine Riesenportion Salami).*

VALERIE. Salami, Erich! Salami!

ERICH. Division! Rührt euch! *(Er langt mit der Hand in die Schüssel und frisst exorbitant.)*

ZAUBERKÖNIG. Wie der frisst!

VALERIE. Gesegnete Mahlzeit!

ZAUBERKÖNIG. Friss nicht so gierig!

VALERIE. Er zahlts ja nicht!

ZAUBERKÖNIG. Und singen kann er auch nicht!

Pause.

VALERIE *(zu Erich).* Warum singst du eigentlich nicht?

ERICH *(mit vollem Munde).* Weil ich doch an meinem chronischen Rachenkatarrh leide!

VALERIE. Das kommt vom vielen Rauchen!

ERICH *(brüllt sie an).* Schon wieder?!

RITTMEISTER *(taucht auf; mit einem Papierhütchen und in gehobener Stimmung).* Küss die Hand, schöne Frau Valerie! Ah, das ist aber ein angenehmer Zufall! Habe die Ehre, Herr Zauberkönig!

ZAUBERKÖNIG. Prost, Herr Rittmeister! Prost, lieber Herr von Rittmeister. – *(Er leert sein Glas und verfällt in wehmütigen Stumpfsinn.)*

VALERIE. Darf ich Ihnen etwas von meiner Salami, Herr Rittmeister?

ERICH *(bleibt der Brocken im Munde stecken; er fixiert gehässig den Rittmeister).*

RITTMEISTER. Zu gütig, küss die Hand! Danke nein, ich kann unmöglich mehr – *(Er steckt sich zwei dicke Scheiben in den Mund.)* Ich hab heut nämlich schon zweimal genachtmahlt, weil ich Besuch hab – ich sitz dort hinten in der Gesellschaft. Ein Jugendfreund meines in Sibirien vermissten Bruders – ein Amerikaner.

VALERIE. Also ein Mister!

RITTMEISTER. Aber ein geborener Wiener! Zwanzig Jahr war der jetzt drüben in den Staaten, nun ist er zum ersten Mal wieder auf unserem Kontinent. Wie wir heut Vormittag durch die Hofburg gefahren sind, da sind ihm die Tränen in den Augen gestanden. – Er ist ein Selfmademan. Selbst ist der Mann!

VALERIE. Oh, Sie Schlimmer!

RITTMEISTER. Ja. Und jetzt zeig ich ihm sein Wien – schon den zweiten Tag – wir kommen aus dem Schwips schon gar nicht mehr raus –

VALERIE. Stille Wasser sind tief.

RITTMEISTER. Nicht nur in Amerika.

ERICH *(scharf).* Tatsächlich?

Pause.

VALERIE *(nähert sich Erich).* Dass du parierst – und halts Maul, sonst schmier ich dir eine. – Wenn du schon meine Salami frisst, dann kannst du mir auch entgegenkommen –

ERICH. Diese Randbemerkung ehrt Ihre niedrige Gesinnung, Gnädigste!

VALERIE. Bleib!

ERICH. Stillgestanden! Division –

VALERIE. Halt!

ERICH. Division – marsch! *(Ab.)*

VALERIE *(ruft ihm nach).* Herstellt euch! Herstellt euch!

Totenstille.

RITTMEISTER. Wer ist denn das überhaupt?

VALERIE *(tonlos).* Das ist eine ganze Division. Ich werd ihn wohl bald ganz lassen – ich sehs schon direkt wieder kommen – und dann ist er mit dem dort *(sie deutet auf den Zauberkönig)* entfernt verwandt –

Jetzt gibts wieder Musik.

RITTMEISTER. Apropos verwandt. – Sagens mal, Frau Valerie, finden Sie das für in Ordnung, wie Seine Majestät der Herr Zauberkönig das Fräulein Mariann behandelt – ich versteh so was nicht. Wenn ich Großpapa wär – und abgesehen davon, man kann doch leicht straucheln. Aber dann direkt verkommen lassen –

VALERIE. Wissen Sie was Näheres, Herr Rittmeister?

RITTMEISTER. Ich hab mal eine Frau Oberst gehabt, das heißt: das ganze Regiment hat sie gehabt – was sag ich da?! Sie war die Frau unseres Obersten – und der Oberst hatte ein uneheliches Kind mit einer vom Varieté, aber die Frau Oberst hat es in ihr Haus genommen, als wärs ihr eigen Fleisch und Blut, weil sie halt unfruchtbar war. – Aber wenn man daneben dieses zauberkönigliche Verhalten dort drüben betrachtet – na Servus!

VALERIE. Ich versteh Sie nicht, Herr Rittmeister. Was hat denn die Frau Oberst mit der Mariann zu tun?

RITTMEISTER. Wir verstehen uns alle nicht mehr, liebe Frau Valerie! Oft verstehen wir uns schon selber nicht mehr.

VALERIE. Wo steckt denn die Mariann?

RITTMEISTER *(lächelt geheimnisvoll).* Das wird man schon noch mal offiziell bekannt geben – im geeigneten Moment.

DER MISTER *(erscheint; er ist besoffen).* Oh lieber guter Freund – was seh ich da? Gesellschaft? Freunde? Stell mich vor, bitte. – Du lieber guter Freund. – *(Er umarmt den Rittmeister.)*

ZAUBERKÖNIG *(erwacht aus seinem Stumpfsinn).* Wer ist denn das?

RITTMEISTER. Das ist mein lieber Mister aus Amerika!

DER MISTER. Amerika! New York! Chicago und Sing-Sing! – Äußerlich ja, aber da drinnen klopft noch das alte biedere treue goldene Wiener Herz, das ewige Wien – und die Wachau – und die Burgen an der blauen Donau. – *(Er summt mit der Musik.)* Donau so blau, so blau, so blau –

ALLE *(summen mit und wiegen sich auf den Sitzgelegenheiten).*

DER MISTER. Meine Herrschaften, es hat sich vieles verändert in der letzten Zeit, Stürme und Windhosen sind über die Erde gebraust, Erdbeben und Tornados, und ich hab ganz von unten anfangen müssen, aber hier bin ich zhaus, hier kenn ich mich aus, hier gefällt es mir, hier möcht ich sterben! Oh du mein lieber altösterreichischer Herrgott aus Mariazell! *(Er singt.)*

Mein Muatterl war a Wienerin,
Drum hab ich Wien so gern.

Sie wars, die mit dem Leben mir
Die Liebe hat gegeben
Zu meinem anzigen goldenen Wean!

ALLES *(singt).*

Wien, Wien, nur du allein
Sollst stets die Stadt meiner Träume sein,
Dort, wo ich glücklich und selig bin,
Ist Wien, ist Wien, mein Wien!

DER MISTER. Wien soll leben! Die Heimat! Und die schönen Wiener Frauen! Und der Heimatgedanke! Und wir Wiener sollen leben – alle, alle!

ALLE. Hoch! Hoch! Hoch!

Allgemeines Saufen.

ZAUBERKÖNIG *(zu Valerie).* Und die schönen Wiener Frauen, du stattliche Person – dich hätt ich heiraten sollen, mit dir hätt ich ein ganz ein anderes Kind gekriegt –

VALERIE. Red nicht immer von Irene! Ich hab sie nie ausstehen können!

DER MISTER. Wer ist Irene?

ZAUBERKÖNIG. Irene war meine Frau.

DER MISTER. Oh, Pardon!

ZAUBERKÖNIG. Oh, bitte – und warum soll ich denn nicht auf die Iren' schimpfen? Bloß weil sie schon tot ist? Mir hat sie das ganze Leben verpatzt!

VALERIE. Du bist ein dämonischer Mensch!

ZAUBERKÖNIG *(singt).*

Mir ist mei Alte gstorbn,
Drum ist mirs Herz so schwer.
A so a gute Seel
Krieg ich nöt mehr,
Muss so viel wana,
Das glaubt mir kana,
Dass ich mich kränk,
Wenn ich an mei Alte denk! Hallo!

DER MISTER *(schnellt empor).* Hallo! Hallo! Wenn mich nicht alles täuscht, so fängt es jetzt an zu regnen! Aber wir lassen uns vom Wetter nichts dreinreden! Heut wird noch gebummelt, und wenns Schusterbuben regnen sollte! Wir lassen und lassen uns das nicht gefallen! *(Er droht mit dem Zeigefinger nach dem Himmel.)* Oh du regnerischer Himmelvater du! Darf ich euch alle einladen? Alle, alle!!

ALLE. Bravo, bravo!

DER MISTER. Also auf! Vorwärts! Mir nach!

VALERIE. Wohin?

DER MISTER. Irgendwohin! Wo wir einen Plafond über uns haben! Wo wir nicht so direkt unterm Himmel sitzen! Ins Moulin-bleu!

Starker Applaus.

RITTMEISTER. Halt! Nicht ins Moulin-bleu, liebe Leutl! Dann schon eher ins Maxim!

Und wieder wird es einen Augenblick totenstill.

ZAUBERKÖNIG. Warum denn ins Maxim?

RITTMEISTER. Weil es dort ganz besondere Überraschungen geben wird.

ZAUBERKÖNIG. Was für Überraschungen?

RITTMEISTER. Pikante. Sehr pikante –

Stille.

ZAUBERKÖNIG. Also auf ins Maxim!

ALLE. Ins Maxim! *(Sie marschieren mit aufgespannten Regenschirmen und singen.)*

Vindobona, du herrliche Stadt,
Die so reizende Anlagen hat,
Dir gehört stets nur unser Sinn.
Ja zu dir, da ziagts uns hin,
San ma a von dir oft fern,
Denkn ma do ans liebe Wean,
Denn du bleibst die Perle von Österreich,
Dir ist gar ka Stadt net gleich!

Die Mizzi und der Jean
Gehn miteinander drahn,
Wir sind ja nicht aus Stroh,
Sind jung und lebensfroh,
Net immer Schokoladi,
Heut gehen wir zum „Brady“
Oder zum „Maxim“
Heut sind wir einmal schlimm!

Jetzt trink ma noch a Flascherl Wein,
Hollodero!
Es muss ja nöt das letzte sein
Hollodero!
Und ist das gar, gibts ka Geniern,
Hollodero!
So tun wir noch mal repetiern,
aber noch mal repetiern!

Gong. – Die Bühne verwandelt sich nun ins „Maxim" – mit einer Bar und Séparées; im Hintergrunde eine Kabarettbühne mit breiter Rampe. – Alles schließt die Regenschirme und nimmt nun Platz an den Tischen, und zwar in aufgeräumtester Stimmung.

DER CONFERENCIER *(tritt vor den Vorhang).* Meine Sehrverehrten! Meine Herrschaften! Entzückende Damen und noch entzückendere Herren!

VALERIE. Oho!

Gelächter.

DER CONFERENCIER. Ich begrüße Sie auf das allerherzlichste im Namen meiner Direktion! Schon Johann Wolfgang von Goethe, der Dichterfürst, sagt in seinem Meisterwerk, unserem unsterblichen Faust: Was du ererbt von deinen Vätern hast, erwirb es, um es zu besitzen! In diesem Sinne, meine Sehrverehrten: Nummer auf Nummer! Das ist Tradition, meine Sehrverehrten! Und nun bitte, treten Sie ein mit uns in den Himmel der Erinnerung! –

Und nun erklingt der Walzer „Wiener Blut" von Johann Strauß, der Vorhang hebt sich, und einige Mädchen in Alt-Wienertracht tanzen den Walzer – dann fällt wieder der Vorhang; rasende Begeisterung im Publikum, und die Musik spielt nun den Hoch- und Deutschmeistermarsch.

ZAUBERKÖNIG *(zum Rittmeister).* Aber was redens denn da, Herr? Also das steht doch schon felsenfest, dass wir Menschen mit der Tierwelt verwandt sind!

RITTMEISTER. Das ist Auffassungssache!

ZAUBERKÖNIG. Oder glaubens denn gar noch an Adam und Eva?

RITTMEISTER. Wer weiß!

DER MISTER *(zu Valerie).* Du Wildkatz!

ZAUBERKÖNIG. Wildkatz! Oder gar ein Leopard!

VALERIE. Prost Zauberkönig!

ZAUBERKÖNIG. Der Herr Rittmeister sind ein Fabelwesen, und du hast was von einem Känguru an dir, und der Mister ist ein japanischer Affenpinscher!

DER MISTER *(lacht keineswegs).* Fabelhafter Witz, fabelhafter Witz!

ZAUBERKÖNIG. Na und ich?!

VALERIE. Ein Hirsch! Ein alter Hirsch! Prost, alter Hirsch!

Brüllendes Gelächter – nun klingelt das Tischtelefon. Stille.

ZAUBERKÖNIG *(am Apparat).* Ja hallo! – Wie? Wer spricht? Mausi? – Mausi kenn ich nicht, wie? – Ach so! Jaja, das bin ich schon, ich bin schon dein Onkel. – Was soll ich? Ah du Schweinderl, du herziges! – Wo? An der Bar? Im grünen Kleid? – Was? Du bist noch eine Jungfrau? Und das soll dir dein Onkel glauben? Na ich werd das mal nachkontrollieren. – Bussi, Bussi! – *(Er hängt ein und leert sein Glas Schampus, den der Mister hat auffahren lassen.)*

VALERIE. Trink nicht so viel, Leopold!

ZAUBERKÖNIG. Du kannst mir jetzt auf den Hut steigen! *(Er erhebt sich.)* Für uns alte Leut' ist ja der Alkohol noch die einzige Lebensfreud! Wo ist die Bar?

VALERIE. Was für eine Bar?

ZAUBERKÖNIG. Wo ist die Bar, Kruzitürken?!

RITTMEISTER. Ich werd Sie hinführen –

ZAUBERKÖNIG. Ich find schon selber hin – ich brauch keinen Kerzenhalter! Kommens, führens mich! *(Er lässt sich vom Rittmeister an die Bar führen, wo ihn bereits zwei Mädchen erwarten – die eine im grünen Kleid nimmt ihn gleich herzlichst in Empfang; auch der Rittmeister bleibt an der Bar.)*

DER MISTER *(zu Valerie)*. Was ist der Herr eigentlich?

VALERIE. Ein Zauberkönig.

DER MISTER. Ach!

VALERIE. Ja. Sonst ist er ja ein seltener Mensch, bescheiden und anständig, der echte Bürger vom alten Schlag. – Diese Sorte stirbt nämlich aus.

DER MISTER. Leider!

VALERIE. Heut ist er ja leider besoffen –

DER MISTER. Wie Sie das wieder sagen! Was für ein Charme! Bei uns in Amerika ist halt alles brutaler.

VALERIE. Was wiegen Sie?

DER MISTER. Zweihundertachtzehn Pfund.

VALERIE. Oh Gott!

DER MISTER. Darf ich ganz offen sein?

VALERIE. Man bittet darum.

DER MISTER. Ich bin kompliziert.

VALERIE. Wieso?

DER MISTER. Ich bin nämlich innerlich tot. Ich kann halt nur mehr mit den Prostituierten was anfangen – das kommt von den vielen Enttäuschungen, die ich schon hinter mir hab.

VALERIE. Jetzt so was. Eine so zarte Seele in so einem mächtigen Körper –

DER MISTER. Ich habe den Saturn als Planeten.

VALERIE. Ja, diese Planeten! Da hängt man damit zusammen und kann gar nichts dafür!

Gong.

DER CONFERENCIER *(tritt vor den Vorhang).* Meine Sehrverehrten! Und abermals gibts eine herrliche Nummer! Was soll ich viele Worte machen, urteilen Sie selbst über unsere sensationellen, von ersten Künstlern entworfenen, hochkünstlerischen lebendigen Aktplastiken. Als Erstes: Donaunixen! Darf ich bitten, Herr Kapellmeister!

Die Kapelle spielt nun den Walzer „An der schönen blauen Donau", und es wird stockfinster im Zuschauerraum; dann teilt sich der Vorhang, und man sieht drei halb nackte Mädchen, deren Beine in Schwanzflossen stecken. – Eine hält eine Leier in der Hand – alle sind malerisch gruppiert vor einem schwarzen Vorhang im grünen Scheinwerferlicht; von der Bar her hört man des Zauberkönigs Stimme: „Nackete Weiber, sehr richtig!" – Der Vorhang schließt sich, starker Applaus.

Gong.

DER CONFERENCIER *(erscheint wieder vor dem Vorhang).* Das zweite Bild: unser Zeppelin!

Bravorufe.

DER CONFERENCIER. Darf ich bitten, Herr Kapellmeister!

Und nun ertönt der „Fridericus rex" – und auf der Bühne stehen drei nackte Mädchen – die Erste hält einen Propeller in den Händen, die Zweite einen Globus und die Dritte einen kleinen Zeppelin – das Publikum rast vor Beifall, schnellt von den Sitzen in die Höhe und singt die erste Strophe des Deutschlandliedes, worauf es sich wieder beruhigt.

Gong.

DER CONFERENCIER *(wieder vor dem Vorhang).* Und nun, meine Sehrverehrten, das dritte Bild: „Die Jagd nach dem Glück."

Totenstille.

DER CONFERENCIER. Darf ich bitten, Herr Kapellmeister –

Die „Träumerei" von Schumann erklingt und der Vorhang teilt sich zum dritten Male – eine Gruppe nackter Mädchen, die sich gegenseitig niedertreten, versucht einer goldenen Kugel nachzurennen, auf welcher das Glück auf einem Bein steht – das Glück ist ebenfalls unbekleidet und heißt Marianne.

VALERIE *(schreit gellend auf im finsteren Zuschauerraum).* Marianne! Jesus Maria Josef! Marianne!!

MARIANNE *(erschrickt auf ihrer Kugel, zittert, kann das Gleichgewicht nicht mehr halten, muss herab und starrt, geblendet vom Scheinwerfer, in den dunklen Zuschauerraum).*

DER MISTER. Was denn los?!

VALERIE *(außer sich).* Marianne, Marianne, Marianne!!

DER MISTER *(wird wütend).* Brüll nicht! Bist denn plemplem?!

VALERIE. Marianne!

DER MISTER. Kusch! Da hast du deine Marianne! *(Er boxt ihr in die Brust.)*

VALERIE *(schreit).*

Große Unruhe im Publikum; Rufe: „Licht! Licht!"

DER CONFERENCIER *(stürzt auf die Bühne).* Vorhang! Was ist denn los?! Licht! Vorhang! Licht!

Der Vorhang fällt vor der starr in den Zuschauerraum glotzenden Marianne, die übrigen Mädchen sind bereits unruhig ab – und nun wird es Licht im Zuschauerraum und wieder für einen Augenblick totenstill. Alles starrt auf Valerie, die mit dem Gesicht auf dem Tisch liegt, hysterisch und besoffen, weint und schluchzt.

ZAUBERKÖNIG *(steht an der Bar und hält die Hand auf sein Herz).*

VALERIE *(wimmert).* Die Mariann – die Mariann – die liebe kleine Mariann – oh, oh, oh – ich hab sie ja schon gekannt, wie sie noch fünf Jahre alt war, meine Herren!

DER CONFERENCIER. Von wem redet sie da?

DER MISTER. Keine Ahnung!

DER CONFERENCIER. Hysterisch?

DER MISTER. Epileptisch!

EINE GEMÜTLICHE STIMME. So werfts es doch naus, die besoffene Bestie!

VALERIE. Ich bin nicht besoffen, meine Herren! Ich bin das nicht – nein, nein, nein! *(Sie schnellt empor und will hinauslaufen, stolpert aber über ihre eigenen Füße, stürzt und reißt einen Tich um – jetzt hat sie sich blutig geschlagen.)* Nein, das halt ich nicht aus, ich bin doch nicht aus Holz, ich bin doch noch lebensfroh, meine Herren – das halt ich nicht aus, das halt ich nicht aus! *(Sie rast brüllend nach Haus.)*

ALLE *(außer dem Zauberkönig sehen ihr perplex nach). Stille, dann: Gong.*

DER CONFERENCIER *(springt auf einen Stuhl).* Meine Sehrverehrten! Damen und Herren! Das war nun der Schluss unseres offiziellen Programms – und nun beginnt in der Bar der inoffizielle Teil! *(Man hört aus der Bar die Tanzmusik.)* Im Namen meiner Direktion danke ich Ihnen für den zahlreichen Besuch und wünsche Ihnen eine recht gute Nacht! Auf Wiedersehen, meine Herrschaften!

Die Herrschaften räumen allmählich das Lokal.

ZAUBERKÖNIG. Herr Rittmeister –

RITTMEISTER. Bitte?

ZAUBERKÖNIG. Also deshalb wollten Sie nicht ins Moulinbleu, sondern hier. – Das waren also Ihre bewussten pikanten Überraschungen, ich hab gleich so eine komische Aversion gehabt – so eine Ahnung, dass mir nichts Gutes bevorsteht –

RITTMEISTER. Ich wusste es, dass das Fräulein Mariann hier auftritt – ich war nämlich schon öfters da – erst gestern wieder – und ich kann es halt nicht mehr länger mitansehen! Ihr steinernes Herz –

ZAUBERKÖNIG. Mischen Sie sich nicht in wildfremde Familienangelegenheiten, Sie Soldat!!

RITTMEISTER. Meine menschliche Pflicht –

ZAUBERKÖNIG *(unterbricht ihn).* Was ist das?

RITTMEISTER. Sie sind kein Mensch!

ZAUBERKÖNIG. Also das hör ich gern! Schon sehr gern! Was soll ich denn schon sein, wenn ich kein Mensch bin, Sie?! Vielleicht ein Vieh?! Das tät Ihnen so passen! Aber ich bin kein Vieh und hab auch keine Tochter, bitt ich mir aus!!

RITTMEISTER. Jetzt hab ich hier nichts mehr verloren. *(Er verbeugt sich steif und ab.)*

ZAUBERKÖNIG. Und ich werd mir vielleicht noch was holen? Ich bin in einer Untergangsstimmung, Herr Mister! Jetzt möcht ich Ansichtskarten schreiben, damit die Leut' vor Neid zerplatzen, wenn sie durch mich selbst erfahren, wie gut dass es mir geht!

DER MISTER. Ansichtskarten! Glänzende Idee! Das ist eine Idee! Ansichtskarten, Ansichtskarten! *(Er kauft einer Verkäuferin gleich einen ganzen Stoß ab, setzt sich dann abseits an einen Tisch und schreibt – nun ist er allein mit dem Zauberkönig; aus der Bar tönt Tanzmusik.)*

MARIANNE *(kommt langsam in einem Bademantel und bleibt vor dem Zauberkönig stehen).*

ZAUBERKÖNIG *(starrt sie an, betrachtet sie von oben bis unten – dreht ihr den Rücken zu).*

Pause.

MARIANNE. Warum hast du meine Briefe nicht gelesen? Ich hab dir drei Briefe geschrieben. Aber du hast sie nicht aufgemacht und hast sie zurückgehen lassen.

Pause.

MARIANNE. Ich hab dir geschrieben, dass er mich verlassen hat –

ZAUBERKÖNIG *(wendet sich langsam ihr zu und fixiert sie gehässig).* Das weiß ich. *(Er dreht ihr wieder den Rücken zu.)*

Pause.

MARIANNE. Weißt du auch, dass ich ein Kind hab –?

ZAUBERKÖNIG. Natürlich!

Pause.

MARIANNE. Es geht uns sehr schlecht, mir und dem kleinen Leopold –

ZAUBERKÖNIG. Was?! Leopold?! Der Leopold, das bin doch ich! Na, das ist aber der Gipfel! Nennt ihre Schand nach mir! Das auch noch! Schluss jetzt! Wer nicht hören will, muss fühlen! Schluss! (*Er erhebt sich, muss sich aber gleich wieder setzen.*)

MARIANNE. Du bist ja betrunken, Papa –

ZAUBERKÖNIG. Also werd nur nicht ordinär! Ich bin nicht dein Papa, ein für alle Mal! Und nur nicht ordinär, sonst – (*Er macht die Geste des Ohrfeigens.*) Denk lieber an dein Mutterl selig! Die Toten hören alles!

MARIANNE. Wenn mein Mutterl noch leben würde –

ZAUBERKÖNIG. Lass dein Mutterl aus dem Spiel, bitt ich mir aus! Wenn sie dich so gesehen hätt, so nacket auf dem Podium herumstehen dich den Blicken der Allgemeinheit preisgeben. – Ja schämst dich denn gar nicht mehr? Pfui Teufel!

MARIANNE. Nein, das kann ich mir nicht leisten, dass ich mich schäm.

Stille.

Die Musik in der Bar ist nun verstummt.

MARIANNE. Ich verdien hier zwei Schilling pro Tag. Das ist nicht viel, inklusive dem kleinen Leopold. – Was kann ich denn aber auch anderes unternehmen? Du hast mich ja nichts lernen lassen, nicht einmal meine rhythmische Gymnastik, du hast mich ja nur für die Ehe erzogen –

ZAUBERKÖNIG. Oh du miserables Geschöpf! Jetzt bin ich noch schuld!

MARIANNE. Hör mal, Papa –

ZAUBERKÖNIG (*unterbricht sie*). Ich bin kein Papa!

MARIANNE (*schlägt mit der Faust auf den Tisch*). Aber so hör auf, ja. Du bist doch mein Papa, wer denn sonst!? Und hör jetzt mal – wenn das so weitergeht, ich kann nichts verdienen – und auf den Strich gehen kann ich nicht, ich kann das nicht, ich habs ja schon versucht, aber ich kann mich nur einem Manne geben, den ich aus ganzer Seele mag – ich hab ja als ungelernte Frau sonst nichts zu geben – dann bleibt mir nur der Zug.

ZAUBERKÖNIG. Was für ein Zug?

MARIANNE. Der Zug. Mit dem man wegfahren kann. Ich wirf mich noch vor den Zug –

ZAUBERKÖNIG. So! Das auch noch. Das willst du mir also auch noch antun – *(Er weint plötzlich.)* Oh du gemeines Schwein, was machst du denn mit mir auf meine alten Tag'? Eine Schande nach der anderen – o ich armer alter Mensch, mit was hab ich denn das verdient?!

MARIANNE *(scharf)*. Denk nicht immer an dich!

ZAUBERKÖNIG *(hört auf zu weinen, starrt sie an, wird wütend)*. So wirf dich doch vor den Zug! Wirf dich doch, wirf dich doch! Samt deiner Brut!! – Oh, mir ist übel – übel – wenn ich nur brechen könnt – *(Er beugt sich über den Tisch, schnellt aber plötzlich empor.)* – Denk lieber an deinen Himmelvater! An unseren lieben Herrgott da droben – *(Er wankt fort.)*

MARIANNE *(sieht ihm nach und schaut dann empor, dorthin, wo der Himmel liegt; leise)*. Da droben –

Aus der Bar ertönt nun wieder Tanzmusik.

DER MISTER *(ist nun fertig mit seiner Ansichtskartenschreiberei und entdeckt Marianne, die noch immer in den Himmel schaut)*. Ah, eine Primadonna – *(Er betrachtet sie lächelnd.)* Sagen Sie – haben Sie nicht zufällig einige Briefmarken bei sich?

MARIANNE. Nein.

DER MISTER *(langsam)*. Nämlich, ich brauche zehn Zwanziggroschenmarken und zahle dafür fünfzig Schilling.

Pause.

DER MISTER. Sechzig Schilling.

Pause.

DER MISTER *(nimmt seine Brieftasche heraus)*. Da sind die Schillinge und da sind die Dollars –

MARIANNE. Zeigen Sie.

DER MISTER *(reicht ihr die Brieftasche)*.

Pause.

MARIANNE. Sechzig?

DER MISTER. Fünfundsechzig.

MARIANNE. Das ist viel Geld.

DER MISTER. Das will verdient sein.

Stille.

Mit der Tanzmusik ist es nun wieder vorbei.

MARIANNE. Nein. Danke. *(Sie gibt ihm die Brieftasche zurück.)*

DER MISTER. Was heißt das?

MARIANNE. Ich kann nicht. Sie haben sich in mir geirrt, Herr –

DER MISTER *(packt sie plötzlich am Handgelenk und brüllt)*. Halt! Halt, du hast mich jetzt bestohlen, du Dirne, Diebin, Verbrecherin, Hand aufmachen – auf!!

MARIANNE. Au!

DER MISTER. Da! Hundert Schilling! Meinst, ich merk das nicht, du blöde Hur!? *(Er gibt ihr eine Ohrfeige.)* Polizei! Polizei!

Alles erscheint aus der Bar.

DER CONFERENCIER. Was ist denn los, um Gottes Christi willen?!

DER MISTER. Diese Hur da hat mich bestohlen! Hundert Schilling, hundert Schilling! Polizei!

MARIANNE *(reißt sich vom Mister los).* Ihr sollt mich nicht mehr schlagen! Ich will nicht mehr geschlagen werden!

BARONIN *(erscheint).*

MARIANNE *(schreit entsetzt).*

II

Draußen in der Wachau

Alfred sitzt mit seiner Großmutter vor dem Häuschen in der Abendsonne – und unweit steht der Kinderwagen.

DIE GROSSMUTTER. Ich hab dich ja schon immer für einen Lügner gehalten, aber dass du ein solcher Scheißkerl bist, wär mir nie im Traum eingefallen! Borgt sich da von mir dreihundert Schilling für Frankreich zu einer Speditionsfirma – und kommt jetzt nach drei Wochen an und beichtet, dass er gar nicht in Frankreich war, sondern dass er alles verspielt hat am Trabrennplatz! Wirst dort enden, wo deine saubere Mariann sitzt! Im Zuchthaus!

ALFRED. Vorerst sitzt sie ja noch gar nicht im Zuchthaus, sondern nur im Untersuchungsgefängnis, und morgen wird ihr doch erst der Prozess gemacht – und dann ist es ja nur ein Diebstahlsversuch, Schaden ist keiner entstanden, also hat sie mildernde Umständ' und wird sicher nur bedingt verurteilt werden, weil sie noch nicht vorbestraft ist –

DIE GROSSMUTTER. Nimm sie nur in Schutz, nimm sie nur in Schutz. – Schön hab ich mich in dir getäuscht, ich habs ja schon immer gewusst, dass du ein Verbrecher bist!

ALFRED. Willst mir also nicht verzeihen?

DIE GROSSMUTTER. Häng dich auf!

ALFRED. Bäääh! *(Er streckt die Zunge heraus.)*

DIE GROSSMUTTER. Bäääh! *(Sie streckt ihm die Zunge heraus.)*

Stille.

ALFRED (*erhebt sich*). Also mich siehst du jetzt nicht so bald wieder.

DIE GROSSMUTTER. Und die dreihundert Schilling? Und die hundertfünfzig vom vorigen Jahr?!

ALFRED. Und wenn du jetzt zerspringst, es ist doch so, dass ich es genau fühl, dass auch ich in einer gewissen Hinsicht mitschuldig bin an der Mariann ihrem Schicksal –

DIE GROSSMUTTER (*schnappt nach Luft*).

ALFRED (*lüftet seinen Strohhut*). Küss die Hand, Großmama! (*Ab.*)

DIE GROSSMUTTER (*außer sich vor Wut*). Schau, dass du verschwindst! Luder, dreckiges! Mir sowas ins Gesicht zu sagen! Weg! Marsch! Scheißkerl! (*Sie setzt sich an das Tischchen, auf dem ihre Zither liegt, und stimmt sie.*)

DIE MUTTER (*tritt aus dem Häuschen*). Ist der Alfred schon fort?

DIE GROSSMUTTER. Gott sei Dank!

DIE MUTTER. Er hat sich von mir gar nicht verabschiedet –

DIE GROSSMUTTER. Einen feinen Sohn hast du da – frech und faul! Ganz der Herr Papa!

DIE MUTTER. So lass doch den Mann in Ruh! Jetzt liegt er schon zehn Jahr unter der Erden, und gibst ihm noch immer keine Ruh!

DIE GROSSMUTTER. Wer hat ihn denn so früh unter die Erden gebracht? Ich vielleicht? Oder der liebe Alkohol? – Deine ganze Mitgift hat er versoffen!

DIE MUTTER. Jetzt will ich aber nichts mehr hören, ich will nicht!

DIE GROSSMUTTER. Halts Maul! (*Sie spielt auf ihrer Zither den Doppeladlermarsch.*)

DIE MUTTER (*beugt sich besorgt über den Kinderwagen, und die Großmutter beendet ihren Marsch*). Er macht mir Sorgen, der kleine Leopold – er hat so stark gehustet, und jetzt hat er rote Backerln und so einen ganz anderen Blick – damals beim armen kleinen Ludwig hats genau so begonnen –

DIE GROSSMUTTER. Gott gibt und Gott nimmt.

DIE MUTTER. Mama!

DIE GROSSMUTTER. Mutterl im Zuchthaus und Vaterl ein Hallodri! Für manche wärs schon besser, wenns hin wären!

DIE MUTTER. Möchst denn du schon hin sein?

DIE GROSSMUTTER (*kreischt*). Vergleich mich nicht mit dem dort! (*Sie deutet auf den Kinderwagen.*) Meine Eltern waren ehrliche Leut'! (*Sie spielt wütend ein Menuett.*)

DIE MUTTER. So spiel doch nicht!

DIE GROSSMUTTER *(unterbricht ihr Spiel).* Was schreist denn so?! Bist narrisch?! *(Sie fixieren sich.)*

Stille.

DIE MUTTER *(bange).* Mama – ich hab es gesehn –

DIE GROSSMUTTER. Was?

DIE MUTTER. Was du heut Nacht gemacht hast –

Stille.

DIE GROSSMUTTER *(lauernd).* Was hab ich denn gemacht?

DIE MUTTER. Du hast die beiden Fenster aufgemacht und hast das Betterl mit dem kleinen Leopold in den Zug gestellt –

DIE GROSSMUTTER *(kreischt).* Das hast du geträumt! Das hast du geträumt!

DIE MUTTER. Nein, das hab ich nicht geträumt. Und wenn du zerspringst!

III

Und abermals in der stillen Straße im achten Bezirk

Der Rittmeister liest noch immer die Ziehungsliste, und Valerie steht in der Tür ihrer Tabak-Trafik – Es scheint überhaupt alles beim Alten geblieben zu sein, nur auf der Puppenklinikauslage klebt ein Zettel: „Ausverkauf".

VALERIE *(boshaft).* Was haben wir denn gewonnen, Herr Rittmeister?

RITTMEISTER *(reicht ihr die Ziehungsliste zurück).* Es ist Samstag, Frau Valerie. Und morgen ist Sonntag.

VALERIE. Das ist halt unser irdisches Dasein, Herr Rittmeister.

RITTMEISTER. Ausverkauf! Mein Gewissen ist rein und trotzdem. Ich war doch damals im Maxim nur von den altruistischesten Absichten beseelt – versöhnend hab ich wirken wollen, versöhnend – und derweil hat sich eine Tragödie nach der anderen abgerollt. Die arme Mariann wird eingekastelt und verurteilt –

VALERIE *(unterbricht ihn).* Bedingt, Herr Rittmeister! Bedingt!

Stille.

RITTMEISTER. Ist er eigentlich noch geärgert auf mich, der Herr Zauberkönig?

VALERIE. Wegen was denn?

RITTMEISTER. Na, ich denk, wegen der fatalen Situation im Maxim, die wo ich ihm inszeniert hab.

VALERIE. Aber Herr Rittmeister! Nach all dem, was der Mann

durchgemacht hat, hat er keine Lust mehr, sich über Sie zu ärgern – er ist überhaupt viel versöhnlicher geworden, er ist halt gebrochen. Als er seinerzeit gehört hat, dass die liebe Mariann gestohlen hat, da hat ihn ja fast der Schlag getroffen!

RITTMEISTER. So ein Schlaganfall ist kein Witz.

VALERIE. Er hat ja schon direkt die Sphärenmusik gehört.

RITTMEISTER. Was verstehen Sie unter Sphärenmusik?

VALERIE. Wenn einer knapp vor dem Tode ist, dann fängt die arme Seel bereits an, den Körper zu verlassen – aber nur die halbe Seel – und die fliegt dann schon hoch hinauf und immer höher und dort droben gibts eine sonderbare Melodie, das ist die Musik der Sphären –

Stille.

RITTMEISTER. Möglich. An und für sich –

Jetzt spielt die Realschülerin im zweiten Stock einen Walzer von Johann Strauß.

VALERIE. Können Sie schweigen, Herr Rittmeister?

RITTMEISTER. Natürlich!

VALERIE. Ehrenwort?

RITTMEISTER. Na wenn ich als alter Offizier nicht schweigen könnt! Denkens doch nur mal an all die militärischen Geheimnisse, die ich weiß!

Pause.

VALERIE. Herr Rittmeister. Sie war bei mir.

RITTMEISTER. Wer?

VALERIE. Die Mariann. Ja, die Mariann. Sie hat mich aufgesucht. Vier Wochen ist sie jetzt gesessen in ihrer Untersuchungshaft, und jetzt hat sie nichts zum Beißen – nur ihren Stolz, den hat sie noch gehabt! Aber den hab ich ihr gründlich ausgetrieben, kann ich nur sagen! Gründlich! Verlassen Sie sich nur auf mich, Herr Rittmeister, ich werd sie schon mit ihrem Papa aussöhnen, wir Frauen verstehen das besser als wie die Herren der Schöpfung! Sie haben ja das im Maxim viel zu direkt versucht – mein Gott, hab ich mich damals erschrocken!

RITTMEISTER. Ende gut, alles gut!

ERICH *(kommt rasch von rechts – er will in die Puppenklinik, erblickt aber den Rittmeister und fixiert ihn – und die Realschülerin bricht den Walzer ab, mitten im Takt).*

RITTMEISTER *(betrachtet Erich geringschätzig – grüßt dann höflich Valerie und ab, knapp an Erich vorbei).*

ERICH *(sieht ihm finster nach und betrachtet dann Valerie).*

VALERIE *(will ab in ihre Tabak-Trafik).*

ERICH. Halt! Verzeihen, Gnädigste! Ich möchte Sie nur darauf aufmerksam machen, dass wir uns jetzt wahrscheinlich das letzte Mal sehen –

VALERIE. Hoffentlich!

ERICH. Ich fahre nämlich morgen früh – für immer.

VALERIE. Glückliche Reise!

ERICH. Danke! (*Er grüßt wieder korrekt und will ab in die Puppenklinik.*)

VALERIE (*plötzlich*). Halt!

ERICH. Zu Befehl!

Stille.

VALERIE. Wir wollen uns nicht so Adieu sagen – Komm, geben wir uns die Hand – trennen wir uns als gute Kameraden –

ERICH. Gut. (*Er gibt ihr die Hand; zieht dann ein Notizbuch aus der Tasche und blättert darin.*) Hier steht es genau notiert: Soll und Haben – jede Zigarette.

VALERIE (*freundlich*). Ich brauch deine Zigaretten nicht –

ERICH. Ehrensache!

VALERIE (*nimmt seine Hand, in der er das Notizbuch hält, und streichelt sie*). Du bist halt kein Psychologe, Erich – (*Sie nickt ihm freundlich zu und langsam ab in die Tabak-Trafik – und jetzt spielt die Realschülerin wieder.*)

ERICH (*sieht ihr nach; ist nun allein*). Altes fünfzigjähriges Stück Scheiße – (*Ab in die Puppenklinik.*)

OSKAR (*kommt mit Alfred aus seiner Fleischhauerei*). Also auf alle Fäll' dank ich Ihnen herzlichst, dass Sie mich besucht haben – und dass wir uns so gut vertragen in puncto Mariann.

ALFRED. Es bleibt dabei: Ich lass ab von ihr – für ewig. (*Er erblickt den Zettel auf der Puppenklinikauslage.*) Was? „Ausverkauf"?

OSKAR (*lächelt*). Auch das, lieber Herr – Es wird sich hier bald ausgezaubert haben, das heißt: falls er sich nicht wieder mit unserer Mariann versöhnt, denn so solo schaffts der Alte nicht mehr –

ALFRED. Wie traurig das alles ist! Glaubens mir nur, ich bin an dieser ganzen Geschicht eigentlich unschuldig – heut begreif ich mich gar nicht, ich hab es doch so gut gehabt früher, ohne Kummer und ohne Sorgen – und dann lasst man sich in so ein unüberlegtes Abenteuer hineintreiben – es geschieht mir schon ganz recht, weiß der Teufel, was in mich gefahren ist!

OSKAR. Das ist halt die große Liebe gewesen.

ALFRED. Oh nein! Dazu hab ich schon gar kein Talent. – Ich war nur zu weich. Ich kann halt nicht Nein sagen, und dann wird so eine Liaison automatisch immer ärger. Ich wollt' nämlich seinerzeit Ihre Verlobung wirklich nicht auseinanderbringen –

aber die liebe Mariann bestand auf dem Alles-oder-Nichts-Standpunkt. Verstehens mich?

OSKAR. Leicht. Der Mann ist ja nur der scheinbar aktive Teil und das Weib nur der scheinbar passive – wenn man da näher hineinleuchtet –

ALFRED. Abgründe tun sich auf.

OSKAR. Und sehens, deshalb war ich Ihnen persönlich eigentlich nie so recht bös – Ihnen hab ich nie etwas Böses gewünscht – während die Mariann – *(Er lächelt.)* Ja, die hat bitter büßen müssen, das arme Hascherl – für die große Leidenschaft ihres Lebens –

ALFRED. Nein, so viel Leut' ins Unglück zu stürzen! Wirklich: wir Männer müssten mehr zusammenhalten.

OSKAR. Wir sind halt zu naiv.

ALFRED. Allerdings.

Jetzt bricht die Realschülerin wieder ab.

ALFRED. Herr Oskar. Ich weiß gar nicht, wie ich Ihnen danken soll, dass Sie es übernommen haben, mich mit der Frau Valerie wieder auszusöhnen –

OSKAR *(unterbricht ihn).* Pst!

ZAUBERKÖNIG *(begleitet Erich aus der Puppenklinik – beide bemerken weder Alfred noch Oskar, die sich in die Tür der Fleischhauerei zurückgezogen haben).* Also nochmals, gute Reise, Erich! Bleib gesund und komm gut nach Dessau!

ERICH. Nach Kassel, Onkel!

ZAUBERKÖNIG. Kassel und Dessau – das werd ich nimmer lernen! Und vergiss unsere Wienerstadt nicht und deinen armen alten Onkel!

ERICH *(schlägt nochmals die Hacken zusammen, verbeugt sich straff und ab, ohne sich umzusehen).*

ZAUBERKÖNIG *(sieht ihm gerührt nach – erblickt dann Valerie, die, als sie Erichs Stimme gehört hatte, wieder in ihrer Tür erschien und horchte).* Ein Prachtkerl, was?

Nun spielt die Realschülerin wieder.

VALERIE *(nickt langsam ja).*

ZAUBERKÖNIG *(holt sich aus dem Ständer vor der Tabak-Trafik eine Zeitung und durchblättert sie).* Ja ja, Europa muss sich schon einigen, denn beim nächsten Krieg gehen wir alle zugrund – aber kann man sich denn alles bieten lassen?! Was sich da nur die Tschechen wieder herausnehmen! Ich sag dir heut: morgen gibts wieder einen Krieg! Und den muss es auch geben! Krieg wirds immer geben!

VALERIE *(ist immer noch anderswo).* Das schon. Aber das wär halt das Ende unserer Kultur.

ZAUBERKÖNIG. Kultur oder nicht Kultur – Krieg ist ein Naturgesetz! Akkurat wie die liebe Konkurrenz im geschäftlichen Leben! Ich für meine Person bin ja konkurrenzlos, weil ich ein Spezialgeschäft bin. Trotzdem geh ich zugrund. Ich kanns halt allein nicht mehr schaffen, mich macht schon jeder Käufer nervös – Früher, da hab ich eine Frau gehabt, und wie die angefangen hat zu kränkeln, da ist die Mariann schon so groß gewesen –

VALERIE. Wie groß?

ZAUBERKÖNIG. So groß!

Pause.

VALERIE. Wenn ich Großpapa wär –

ZAUBERKÖNIG *(unterbricht sie).* Ich bin aber kein Großpapa, bitt ich mir aus! *(Er fasst sich ans Herz und der Walzer bricht ab.)* Reg mich doch nicht auf! Au, mein Herz –

Stille.

VALERIE. Tuts weh?

ZAUBERKÖNIG. Bestialisch – du weißt, was der Medizinalrat gesagt hat – mich könnt so ein Schlagerl treffen wie nix –

VALERIE. Ich kenn das von meinem Seligen her – Stichts?

ZAUBERKÖNIG. Es sticht – es sticht –

Stille.

VALERIE. Leopold. Der liebe Gott hat dir einen Fingerzeig gegeben – dass du nämlich noch unter uns bist – Still! Reg dich nur nicht auf, reg dich nicht auf – sonst kommt der Schlaganfall, der Schlaganfall, und dann – und dann – versöhn dich doch lieber, du alter Trottel – versöhn dich, und du wirst auch dein Geschäft wieder weiterführen können, es wird alles wieder besser, besser, besser!

Stille.

ZAUBERKÖNIG. Meinst du?

VALERIE. Schau, die Mariann – das ist doch kein böser Mensch, das ist doch nur ein dummes Weiberl – ein ganz armes dummes Weiberl –

ZAUBERKÖNIG. Dumm ist sie schon. Saudumm!

VALERIE. Und die hat sich eingebildet, die Welt nach ihrem Bild umzuformen – aber die Welt folgt halt doch nur dem Verstand, gelt, Großpapa?

ZAUBERKÖNIG. Großpapa?

VALERIE. Ja.

Stille.

Dann spielt wieder die Realschülerin.

ZAUBERKÖNIG *(lässt sie langsam stehen und wendet sich sei-*

ner Puppenklinik zu – hält vor der Auslage und betrachtet den Ausverkaufszettel; dann nickt er Valerie freundlich zu, reißt den Zettel ab und verschwindet in seiner Puppenklinik).

VALERIE *(grinst befriedigt und steckt sich eine Zigarette an).*

OSKAR. Frau Valerie! Jetzt hätt ich für Sie eine Überraschung!

VALERIE. Was für eine Überraschung?

OSKAR. Es möcht sich jemand mit Ihnen versöhnen.

VALERIE. Wer? Erich?

OSKAR. Nein.

VALERIE. Sondern?

OSKAR. Dort –

VALERIE *(nähert sich der Fleischhauerei und erblickt Alfred).*

ALFRED *(grüßt).*

Pause.

VALERIE. Ach!

Jetzt ist es wieder aus mit der Musik.

ALFRED. Du ahnst es ja nicht, was mich diese Reue für innere Kämpfe gekostet hat, dieser Gang nach Canossa – Ich hab ja schon vor mir selbst gar kein Schamgefühl mehr, weil ich weiß, dass ich dir unrecht getan hab.

VALERIE. Mir?

ALFRED. Ja.

VALERIE. Wann denn?

ALFRED *(ist perplex).*

VALERIE. Mir hast du nichts Schlechtes getan.

ALFRED *(ist noch perplexer; er lächelt verlegen).* Na, ich hab dich doch immerhin verlassen –

VALERIE. Du mich? Ich dich! Und außerdem war das auch nichts Schlechtes, sondern nur etwas sehr Gutes, merk dir das, du eitler Aff!

ALFRED. Wir sind als gute Kameraden auseinander, verstanden?

VALERIE. Wir zwei sind getrennte Leut', verstanden?! Weil ich mit einem ausgemachten Halunken in der Zukunft nichts mehr zu tun haben möcht!

Stille.

ALFRED. Wieso denn ein ausgemachter? Du hast doch grad selber gesagt, dass ich dir nichts getan hab!

VALERIE. Mir nichts! Aber der Mariann! Und deinem Kind?

Stille.

ALFRED. Die Mariann hat immer gesagt, ich könnt hypnotisieren – *(Er schreit sie an.)* Was kann ich denn dafür, dass ich auf die Frauen so stark wirk?!

VALERIE. Schrei mich nicht an!

OSKAR. Meiner Meinung nach war der Herr Alfred relativ gut zur Mariann –

VALERIE. Wenn ihr Mannsbilder nur wieder zusammenhelft! Oh, ich hab aber auch noch mein weibliches Solidaritätsgefühl! *(Zu Alfred.)* So klein möcht ich dich sehen, so klein!

Stille.

ALFRED. Ich bin eine geschlagene Armee. Das musst du mir nicht zweimal sagen, dass ich ein schlechter Mensch bin, das weiß ich, weil ich halt zu guter Letzt ein schwacher Mensch bin. Ich brauch immer jemand, für den ich sorgen kann und muss, sonst verkomm ich sofort. Für die Mariann konnt' ich aber nicht sorgen, das war mein spezielles Pech – Ja, wenn ich noch einiges Kapital gehabt hätt, dann hätt ich ja wieder auf die Rennplätz' hinauskönnen, trotzdem dass sie es nicht hat haben wollen –

VALERIE. Sie hat es nicht haben wollen?

ALFRED. Aus moralischen Gründen.

VALERIE. Das war aber dumm von ihr, wo das doch dein eigenstes Gebiet ist.

ALFRED. Siehst du! Und an diesem Lebensauffassungsunterschied zerschellte auch schließlich unser Verhältnis. Ganz von allein.

VALERIE. Lüg nicht.

Stille.

ALFRED. Valerie. Ich hab eine Hautcreme vertreten, Füllfederhalter und orientalische Teppich' – es ist mir alles danebengelungen und nun steck ich in einer direkt schweinischen Situation. Du hast doch früher auch für eine jede Schweinerei Verständnis gehabt –

VALERIE *(unterbricht ihn).* Wie wars denn in Frankreich?

ALFRED. Relativ genau wie hier.

VALERIE Und wie sind denn die Französinnen?

ALFRED. Wie sie alle sind. Undankbar.

VALERIE *(lächelt).* Du Lump. Was würdest du denn tun, wenn ich dir jetzt fünfzig Schilling leihen würd?

Stille.

ALFRED. Fünfzig?

VALERIE. Ja.

ALFRED. Ich würde natürlich sofort telegrafisch in Maisons-Laffitte Sieg und Platz –

VALERIE *(unterbricht ihn).* Und? Und?

ALFRED. Wieso?

VALERIE. Und den Gewinn?

Stille.

ALFRED (*lächelt hinterlistig*). Den voraussichtlichen Gewinn würde ich morgen persönlich meinem Söhnchen überreichen –

VALERIE. Werden sehen –! Werden sehen!

MARIANNE (*kommt rasch und erschrickt*).

OSKAR. Mariann!

VALERIE. Na also!

MARIANNE (*starrt einen nach dem anderen an – will rasch wieder fort*).

VALERIE. Halt! Dageblieben! Jetzt werden wir mal den Schmutz da zusammenräumen – jetzt kommt die große Stöberei! Jetzt wird versöhnt und basta!

Stille.

OSKAR. Mariann. Ich verzeihe dir gern alles, was du mir angetan hast – denn lieben bereitet mehr Glück, als geliebt zu werden. – Wenn du nämlich nur noch einen Funken Gefühl in dir hast, so musst du es jetzt spüren, dass ich dich trotz allem noch heut an den Altar führen tät, wenn du nämlich noch frei wärst – ich meine jetzt das Kind –

Stille.

MARIANNE. Was denkst du da?

OSKAR (*lächelt*). Es tut mir leid.

MARIANNE. Was?

OSKAR. Das Kind –

Stille.

MARIANNE. So lass doch das Kind in Ruh – Was hat dir denn das Kind getan? Schau mich doch nicht so dumm an!

VALERIE. Mariann! Hier wird jetzt versöhnt!

MARIANNE (*deutet auf Alfred*). Aber nicht mit dem!

VALERIE. Auch mit dem! Alles oder nichts! Auch das ist doch nur ein Mensch!

ALFRED. Ich danke dir.

MARIANNE. Gestern hast du noch gesagt, dass er ein gemeines Tier ist.

VALERIE. Gestern war gestern, und heut ist heut, und außerdem kümmer dich um deine Privatangelegenheiten.

ALFRED. Nur wer sich wandelt, bleibt mit mir verwandt.

OSKAR (*zu Marianne*).

Denn so lang du dies nicht hast
Dieses Stirb und Werde!
Bist du noch ein trüber Gast
Auf der dunklen Erde!

MARIANNE (*grinst*). Gott, seid ihr gebildet –

OSKAR. Das sind doch nur Kalendersprüch'!

VALERIE. Sprüch' oder nicht Sprüch'! Auch das ist doch nur ein Mensch mit allen seinen angeborenen Fehlern und Lastern – du hast ihm auch keinen genügend starken inneren Halt gegeben!

MARIANNE. Ich hab getan, was ich tun konnte!

VALERIE. Du bist halt noch zu jung!

Stille.

ALFRED. Zu guter Letzt war ich ja auch kein Engel.

VALERIE. Zu guter Letzt ist bei einer solchen Liaison überhaupt nie jemand schuld – das ist doch zu guter Letzt eine Frage der Planeten, wie man sich gegenseitig bestrahlt und so.

MARIANNE. Mich hat man aber eingesperrt.

Stille.

MARIANNE. Sie haben mich sehr erniedrigt.

OSKAR. Die Polizei trägt allerdings keine Glacéhandschuhe.

VALERIE. Waren es wenigstens weibliche Kriminalbeamte?

MARIANNE. Teils.

VALERIE. Na also!

Stille.

VALERIE. Marianderl. Jetzt geh nur ruhig dort hinein – *(Sie deutet auf die Puppenklinik.)*

MARIANNE. Und?

VALERIE. Geh nur –

MARIANNE. Aber auf deine Verantwortung –

VALERIE. Auf meine Verantwortung –

Stille.

MARIANNE *(wendet sich langsam der Puppenklinik zu – legt die Hand auf die Klinke und dreht sich dann nochmals Valerie, Alfred und Oskar zu).* Ich möcht jetzt nur noch was sagen. Es ist mir nämlich zu guter Letzt scheißwurscht – und das, was ich da tu, tu ich nur wegen dem kleinen Leopold, der doch nichts dafür kann. – *(Sie öffnet die Tür und das Glockenspiel erklingt, als wäre nichts geschehen.)*

IV

Draußen in der Wachau

Die Großmutter sitzt in der Sonne und die Mutter schält Erdäpfel. Und der Kinderwagen ist nirgends zu sehen.

DIE GROSSMUTTER. Frieda! Hast du ihr schon den Brief geschrieben?

DIE MUTTER. Nein.

DIE GROSSMUTTER. Soll ich ihn vielleicht schreiben?

Stille.

DIE GROSSMUTTER. Da wir die Adress des lieben Herrn Alfred nicht kennen, müssen wir es doch ihr schreiben –

DIE MUTTER. Ich schreib schon, ich schreib schon. – Sie werden uns noch Vorwürf' machen, dass wir nicht aufgepasst haben –

DIE GROSSMUTTER. Wir? Du! Du, willst du wohl sagen!

DIE MUTTER. Was kann denn ich dafür?!

DIE GROSSMUTTER. Wars vielleicht meine Idee, das Kind in Kost zu nehmen?! Nein, das war deine Idee – weil du etwas Kleines, Liebes um dich hast haben wollen, hast du gesagt! Hast du gesagt! Ich war immer dagegen. Mit so was hat man nur Scherereien!

DIE MUTTER. Gut. Bin ich wieder schuld. Gut. Am End bin ich dann vielleicht auch daran schuld, dass sich der kleine Leopold erkältet hat – und dass er jetzt im Himmel ist?! Herrgott, ist das alles entsetzlich!

Stille.

DIE GROSSMUTTER. Vielleicht ist es ihr gar nicht so entsetzlich – ich meine jetzt deine Fräulein Mariann. – Man kennt ja diese Sorte Fräuleins – vielleicht wird das Fräulein sogar zufrieden sein, dass sie es los hat –

DIE MUTTER. Mama! Bist du daneben?!

DIE GROSSMUTTER. Was fällt dir ein, du Mistvieh?!

DIE MUTTER. Was fällt dir ein, du Ungeheuer?! Das Fräulein ist doch auch nur eine Mutter, genau wie du!!

DIE GROSSMUTTER *(kreischt).* Vergleich mich nicht mit ihr! Ich hab mein Kind in Ehren geboren, oder bist du ein unehelicher Schlampen?! Wo kein Segen von oben dabei ist, das endet nicht gut und soll es auch nicht! Wo kämen wir denn da hin?! Jetzt wird hier aber endlich geschrieben – und wenn du zu feig dazu bist, dann diktier ich dir! *(Sie erhebt sich.)* Setz dich her! Hier hast du Papier und Bleistift – ich habs schon vorbereitet.

DIE MUTTER. Ungeheuer –

DIE GROSSMUTTER. Kusch! Setz dich! Schreib! Freu dich, dass ich dir hilf!

DIE MUTTER *(setzt sich).*

DIE GROSSMUTTER *(geht gebeugt auf und ab und diktiert).* Wertes Fräulein! – Jawohl: Fräulein! – Leider müssen wir Ihnen eine für Sie recht traurige Mitteilung machen. Gott der Allmächtige hat es mit seinem unerforschlichen Willen so gewollt, dass Sie, wertes Fräulein, kein Kind mehr haben sollen. Das Kind hat sich nur etwas erkältet, und dann ist es sehr schnell dahingegangen – Punkt. Aber trösten Sie sich, Gott der Allmächtige liebt die unschuldigen Kinder. Punkt. Neuer Absatz.

MARIANNE *(kommt mit Zauberkönig, Valerie, Oskar und Alfred, denen sie etwas vorausgeeilt ist).* Guten Tag, liebe Frau Zentner! Küss die Hand, Großmutter! Jetzt war ich aber lang nicht mehr da, ich bin ja nur froh, dass ich euch wiederseh – Das ist mein Vater!

ZAUBERKÖNIG *(grüßt).*

DIE MUTTER *(erblickt Alfred).* Alfred!

MARIANNE *(wird es plötzlich unheimlich).* Was habt ihr denn –?

DIE GROSSMUTTER *(reicht ihr den Brief).*

MARIANNE *(nimmt ihr mechanisch den Brief ab und sieht sich scheu um; bange).* Wo ist er denn – wo ist er denn –?

DIE GROSSMUTTER. Lesen, bitte. Lesen –

MARIANNE *(liest den Brief).*

ZAUBERKÖNIG. Na, wo ist er denn, der kleine Leopold? *(Er hält ein Kinderspielzeug in der Hand, an dem Glöckchen befestigt sind, und läutet damit.)* Der Opapa ist da. Der Opapa!

MARIANNE *(lässt den Brief fallen).*

Stille.

ZAUBERKÖNIG *(plötzlich ängstlich).* Mariann! Ist denn was passiert?

VALERIE *(hat den Brief aufgehoben und gelesen; jetzt schreit sie).* Maria! Tot ist er! Hin ist er, der kleine Leopold!

ALFRED. Tot?!

VALERIE. Tot! *(Sie schluchzt.)*

ALFRED *(schließt sie automatisch in seine Arme).*

ZAUBERKÖNIG *(wankt – lässt das Kinderspielzeug fallen und hält die Hand vors Gesicht).*

Stille.

DIE GROSSMUTTER *(hebt neugierig das Kinderspielzeug auf und läutet damit).*

MARIANNE *(beobachtet sie – stürzt sich plötzlich lautlos auf sie und will sie mit der Zither, die auf dem Tischchen liegt, erschlagen).*

OSKAR *(drückt ihr die Kehle zu).*

MARIANNE *(röchelt und lässt die Zither fallen).*

Stille.

DIE GROSSMUTTER *(hebt die Zither auf, leise).* Du Luder. Du Bestie. Du Zuchthäuslerin. – Mich? Mich möchtst du erschlagen, mich?

DIE MUTTER *(schreit die Großmutter plötzlich an).* Jetzt schau aber, dass du ins Haus kommst! Marsch! Marsch!

DIE GROSSMUTTER *(geht langsam auf die Mutter zu).* Dir tät es ja schon lange passen, wenn ich schon unter der Erden wär – nicht? Aber ich geh halt noch nicht, ich geh noch nicht – Da! *(Sie gibt der Mutter eine Ohrfeige.)* Verfaulen sollt ihr alle, die ihr mir den Tod wünscht! *(Ab mit ihrer Zither in das Häuschen.)*

Stille.

DIE MUTTER *(schluchzt).* Na, das sollst du mir büßen – *(Ihr nach.)*

ZAUBERKÖNIG *(nimmt langsam die Hand vom Gesicht).* Der zweite Schlaganfall, der zweite Schlaganfall – nein, nein, nein, lieber Gott, lass mich noch da, lieber Gott – *(Er bekreuzigt sich.)* Vater unser, der du bist im Himmel – groß bist du und gerecht – nicht wahr, du bist gerecht? Lass mich noch, lass mich noch – Oh, du bist gerecht, oh, du bist gerecht! *(Er richtet sich seine Krawatte und geht langsam ab.)*

VALERIE *(zu Alfred).* Wie groß war er denn schon, der kleine Leopold?

ALFRED. So groß –

VALERIE. Meine innigste Kondolation.

ALFRED. Danke. *(Er zieht Geldscheine aus seiner Hosentasche.)* Da. Jetzt hab ich gestern noch telegrafisch gesetzt und hab in Maisons-Laffitte gewonnen – und heut wollt' ich meinem Sohne vierundachtzig Schilling bringen –

VALERIE. Wir werden ihm einen schönen Grabstein setzen. Vielleicht ein betendes Englein.

ALFRED. Ich bin sehr traurig. Wirklich. Ich hab jetzt grad so gedacht – so ohne Kinder hört man eigentlich auf. Man setzt sich nicht fort und stirbt aus. Schad! *(Langsam ab mit Valerie.)*

MARIANNE. Ich hab mal Gott gefragt, was er mit mir vorhat. – Er hat es mir aber nicht gesagt, sonst wär ich nämlich nicht mehr da. – Er hat mir überhaupt nichts gesagt. – Er hat mich überraschen wollen. – Pfui!

OSKAR. Marianne! Hadere nie mit Gott!

MARIANNE. Pfui! Pfui! *(Sie spuckt aus.)*

Stille.

OSKAR. Mariann. Gott weiß, was er tut, glaub mir das.

MARIANNE. Kind! Wo bist du denn jetzt? Wo?

OSKAR. Im Paradies.

MARIANNE. So quäl mich doch nicht –

OSKAR. Ich bin doch kein Sadist! Ich möcht dich doch nur trösten. – Dein Leben liegt doch noch vor dir. Du stehst doch erst am Anfang. – Gott gibt und Gott nimmt.

MARIANNE. Mir hat er nur genommen, nur genommen –

OSKAR. Gott ist die Liebe, Mariann – und wen er liebt, den schlägt er –

MARIANNE. Mich prügelt er wie einen Hund!

OSKAR. Auch das! Wenn es nämlich sein muss.

Nun spielt die Großmutter auf ihrer Zither drinnen im Häuschen die „Geschichten aus dem Wiener Wald“ von Johann Strauß.

OSKAR. Mariann. Ich hab dir mal gesagt, dass ich es dir nie wünsch, dass du das durchmachen sollst, was du mir angetan hast – und trotzdem hat dir Gott Menschen gelassen – die dich trotzdem lieben – und jetzt, nachdem sich alles so eingerenkt hat. – Ich hab dir mal gesagt, Mariann, du wirst meiner Liebe nicht entgehn –

MARIANNE. Ich kann nicht mehr. Jetzt kann ich nicht mehr –

OSKAR. Dann komm – *(Er stützt sie, gibt ihr einen Kuss auf den Mund und langsam ab mit ihr – und in der Luft ist ein Klingen und Singen, als spielte ein himmlisches Streichorchester die „Geschichten aus dem Wiener Wald“ von Johann Strauß.)*

Ende des dritten und letzten Teiles

NACHWORT

Ödön von Horváth wurde am 9. Dezember 1901 in Fiume, dem heutigen Rijeka, als Sohn des ungarischen Diplomaten Dr. Josef von Horváth und seiner deutschen Frau Hermine geboren. Der Beruf des Vaters brachte es mit sich, dass er seine Kindheit in großen Städten Mittel- und Südosteuropas verlebte. Später erinnerte er sich: „Ich wurde in Fiume geboren, bin in Belgrad, Budapest, Pressburg, Wien und München aufgewachsen und habe einen ungarischen Pass. Ich bin eine typisch altösterreichisch-ungarische Mischung: magyarisch, kroatisch, deutsch, tschechisch – mein Name ist magyarisch, meine Muttersprache ist Deutsch. Während meiner Schulzeit wechselte ich viermal die Unterrichtssprache und besuchte fast jede Klasse in einer anderen Stadt. Ich spreche weitaus am besten Deutsch, schreibe nurmehr Deutsch, gehöre also dem deutschen Kulturkreis an, dem deutschen Volke. Allerdings: der Begriff ‚Vaterland', nationalistisch gefärbt, ist mir fremd. Ich habe keine Heimat und leide natürlich nicht darunter, sondern freue mich meiner Heimatlosigkeit, denn sie befreit mich von einer unnötigen Sentimentalität."

1924 übersiedelte Ödön von Horváth nach Berlin. Hier wurden die Theaterstücke von Zuckmayer, Brecht und Marieluise Fleißer bedeutsam für ihn. Aber wo Zuckmayers Volkstücke freundlich-verständnisvoll bleiben, schlägt er einen schärferen, zeit- und gesellschaftskritischen Ton an, nutzt die Schwarz-Weiß-Kontrastierung des Volksstücks zu weltanschaulicher Auseinandersetzung. Seine Kindheitserfahrungen mit ihm immer wieder fremden Sprachen haben ihn sensibilisiert für die Bedeutung der Sprachmächtigkeit für die Stellung im sozialen Gefüge, für entmündigende Sprachkonventionen. Wenn sprachliche Barrieren den Menschen hindern, sich und seine Erfahrungen zu artikulieren, dann ist er Geschickteren, Gewandteren ausgeliefert, muss über sich verfügen lassen, wird anfällig für Sentimentalität und Propagandaphrasen. Wenn Oskar in „Geschichten aus dem Wiener Wald" sagt: „Ich bete für Marianne. Ich stelle mir vor, sie ist so mit Pfeilen durchbohrt wie der heilige Sebastian – und dann kommt sie in die Hölle für ihre Untaten und Verbrechen und Todsünden, ewig ins Feuer", dann ist das eine religiös verbrämte krude Mischung aus Sentimentalität, kleinbürgerlichen Deformierungen und Sadismus. Oskars berühmtester und abgründigster Satz findet sich am Schluss des Volksstücks: „Du wirst meiner Liebe nicht entgehn". Andreas Rossmann urteilt dazu in der „Frankfurter Allgemeinen Zeitung" am 14. 5. 2008: „Das ist der Augenblick, in dem der Groschen fällt, das Sentiment gefriert, das Gemütliche ungemütlich wird."

Mit der Machtübernahme der Nationalsozialisten war jede weitere Aufführung seiner Theaterstücke unmöglich geworden, und Horváth emigrierte 1934 nach Österreich. Zwei Jahre später wurde ihm anlässlich eines Besuchs bei seinen Eltern in Possenhofen die deutsche Aufenthaltserlaubnis entzogen. 1938 emigrierte er über Ungarn in die Schweiz. Bei einem Besuch in Paris wurde er am Abend des 1. Juni 1938 während eines Gewitters auf den Champs-Élysées von einem herabstürzenden

Ast getötet. Er wurde in Paris begraben, aber 1988 auf den Heiligenstädter Friedhof in Wien übergeführt.

Gefühlige Operettenseligkeit als Ausdruck von Kitsch und Flucht in die Unwahrheit spießt Ödön von Horváth in seinen „Geschichten aus dem Wiener Wald“ (1931) auf. Fünfzig Jahre später notiert Elias Canetti im zweiten Band seiner Autobiographie seine Erinnerung an die Uraufführung von Brechts „Dreigroschenoper“ am 31. August 1928 im Theater am Schiffbauerdamm, Berlin und urteilt im Zusammenhang damit über „die süßliche Form der Wiener Operette, in der die Leute ungestört alles fanden, was sie sich wünschten“ („Die Fackel im Ohr“, München 1980, S. 340). Diese Talmi-Welt mit ihrer fatalen Walzer-Seligkeit kaschiert allerdings nur mühsam die Scheinfassade einer Gesellschaft, die von Moral schwafelt und Egoismus und Hartherzigkeit, ja Grausamkeit praktiziert. Heinrich Mann hat sie in seinem Roman „Der Untertan“ (1914) zornig aufs Korn genommen, Carl Sternheim in seiner zwischen Lächerlichkeit und Brutalität schwankenden Komödie „Die Hose“ (1911) drastisch karikiert und Gerhart Hauptmann in seiner Diebskomödie „Der Biberpelz“ (1893, Hamburger Leseheft Nr. 186) mit all ihren Vorurteilen gezeichnet.

Als das Volksstück 1931 erschien, traf es in eine literarisch hellwache Zeit. Ein Jahr zuvor, 1930, im Erscheinungsjahr von Hermann Hesses Roman „Narziß und Goldmund“ und Josef Roths Roman „Hiob“ (Hamburger Leseheft Nr. 224), war bei Rowohlt endlich der erste Band von Musils „Der Mann ohne Eigenschaften“ veröffentlicht worden. Mit fast zweihundert Rezensionen war das Presse-Echo überwältigend. Und 1931 war dann ebenfalls ein bemerkenswertes Jahr: Im März gab es die Uraufführung von Zuckmayers melancholischem Erfolgsstück „Der Hauptmann von Köpenick“. Sein Autor erkannte im Oktober 1931 Ödön von Horváth (und Erik Reger) den Kleist-Preis zu. Die Auszeichnung wurde mit der Uraufführung der „Geschichten aus dem Wiener Wald“ am 2. November 1931 im von Max Reinhardt geführten Deutschen Theater Berlin durch das hohe Maß von Zustimmung und wütender Ablehnung nachhaltig gerechtfertigt. Die Regie bei der Uraufführung hatte Heinz Hilpert. Während eine Zeitung aus der nationalkonservativen Mediengruppe des Hugenberg-Konzerns das Stück „eine große, eine einzige Gemeinheit“ nannte, der „Völkische Beobachter“ es als „Machwerk“ bezeichnete und dessen „Schmutz- und Schundgehalt“ kritisierte, lobte die „New York Times“: „Mit diesem Stück hat sich Horváth einen Platz in der Reihe der besten zentraleuropäischen Dramatiker gesichert.“

Neben den „Geschichten aus dem Wiener Wald“ wurde 1931 noch Horváths „Italienische Nacht“ im Theater am Schiffbauerdamm, Berlin mit großem Erfolg uraufgeführt, 1932 folgte „Kasimir und Karoline“ in Leipzig. Aber schon im folgenden Jahr musste Heinz Hilpert die Uraufführung von „Glaube Liebe Hoffnung“ auf Druck der Nationalsozialisten absagen. Erst 1936 konnte sie in Wien unter dem Titel „Liebe, Pflicht und Hoffnung“ nachgeholt werden.

Die erste Aufführung der „Geschichten aus dem Wiener Wald“ nach dem Zweiten Weltkrieg im Dezember 1948 in Wien verursachte ob des „verzerrten Wienbilds“ „einen der größten Theaterskandale der österreichischen Nachkriegszeit“ (Christine Schmidjell, Erläuterungen und Dokumente zu Horváths „Geschichten aus dem Wiener Wald“, Stuttgart 2009, S. 100). Über die Inszenierung am Bochumer Schauspielhaus im Mai 2005 notierte Andreas Rossmann in der „Frankfurter Allgemeinen Zeitung“ am 14. 5. 2008: „Das wichtigste und häufigste Wort in den Volksstücken des Ödön von Horváth wird nie ausgesprochen und kann sich doch vielfältig bedeutungsvoll bemerkbar machen: ‚Stille‘. Es bezeichnet einen Moment, oft eine Erschreckenssekunde, in der nachklingt oder erst ganz aufgeht, was gerade gesagt wurde. Oft steht es nach Sätzen, in denen Zitate, Redewendungen, Floskeln zu einem klischierten Sprechen verbacken, das sich die Figuren nicht aneignen, sondern von dem sie – Objekte, nicht Subjekte eines ‚Bildungsjargons‘ (Horváth) – angeeignet, wenn nicht gar enteignet werden.“

1961 wurden die „Geschichten aus dem Wiener Wald“ mit Helmut Qualtinger, Johanna Matz und Hans Moser in der Regie von Erich Neuberg verfilmt.

ZUR TEXTGESTALTUNG

Der Text folgt der 1931 im Propyläen Verlag in Berlin erschienenen Erstausgabe von Ödön von Horváths „Geschichten aus dem Wiener Wald“. Die Rechtschreibung wurde auf der Grundlage der neuen amtlichen Richtlinien behutsam modernisiert.

ANMERKUNGEN

zum Titel. Der Wienerwald ist ein beliebtes Ausflugsgebiet südwestlich von Wien. Der Titel spielt ironisch auf den Walzer op. 325 von Johann Strauß Sohn von 1868 an.

Volksstück. Theaterstück über das Volk und für das Volk, von Berufsschauspielern aufgeführt. In Österreich von Raimund und Nestroy sowie Anzengruber nach typischen Wiener Vorbildern des 18. Jahrhunderts geschaffen. Brecht, Zuckmayer und Horváth griffen darauf zurück. Horváth: „Zu einem heutigen Volksstück gehören heutige Menschen."

zum Motto. Die menschliche Dummheit ist zentrales Thema Horváth'scher Theaterstücke.

Das Stück spielt in unseren Tagen, also 1930/1931.

3,vor 1 *Draußen in der Wachau.* Volksmusikalische Anspielung wie schon im Titel, hier auf das „Lied von der Wachau". Die Wachau ist das Donautal zwischen Melk und Krems, Hauptort Dürnstein.

Vor einem Häuschen ... Horváths Regieanweisungen gelten weniger dem Regisseur als vielmehr dem Leser, sie sind des Öfteren eher ein „ironischer Kommentar". (vgl. Wöhrle, Dieter, Kommentar zum Text, Frankfurt 2001, S. 149)

Klingen und Singen. Anspielung auf Kálmáns Operette „Gräfin Mariza"

schöne blaue Donau. Kehrreim aus dem Walzer „An der schönen blauen Donau" von Johann Strauß Sohn

Stille. Horváth: „Bitte achten Sie genau auf die Pausen im Dialog, die ich mit ‚Stille' bezeichne. Hier kämpft das Bewusstsein oder Unterbewusstsein miteinander, und das muss sichtbar werden." (in: Horváth, „Gebrauchsanweisung", Werke Bd. II, S. 257)

11 *Krise und Wirbel.* als Hinweis auf die innerpolitische Situation Österreichs zwischen 1929 und 1932 zu verstehen: Rücktritte der Regierung infolge hoher Reparationszahlungen nach dem Ersten Weltkrieg und der Weltwirtschaftskrise

16 *Herr von Hierlinger.* ironisch aufwertender Namenszusatz

22 *Antragen.* österreichisch für: Anbieten, Auftragen

4, 21 *Höll auf Erden.* nach der alttestamentl. Weisheit Salomonis 1, 14

5, 7 *Gusto.* österreichisch für: Appetit

10 *Tät dir so passen!* vgl. den deutschsprachigen Ausruf: Das könnte dir so passen!

26 *ein Wörterl verlauten dürfen.* österreichisch für: einen Wunsch äußern müssen

6, 2 *instruktiv.* lehrreich

18f. *Rennen in Saint-Cloud.* Pariser Pferderennbahn

19 *Quote.* Anteil bei der Ausschüttung

29 *Schilling.* österreichische Währungseinheit seit 1924

S' il vous plaît! französisch: bitte – hier ironisch fordernd gemeint

30 *voilà!* französisch: da!
7, 1 *Larifari.* umgangssprachl. für: Geschwätz, Unsinn
11f. *aktiver Ministerialdirigent erster Klasse.* Abteilungsleiter in einem Ministerium (im Dienst)
20 *Maisons-Laffitte.* eine weitere Pariser Rennbahn
31 *derangiert.* österreichisch: zerzaust, nicht hergerichtet
33f. *Trauermarsch von Chopin.* Wiederum wird auf die Musik als Element des Volksstücks angespielt (hier aus der Klaviersonate op. 58).
8 vor 9 *achter Bezirk.* Vornehmlich hier, in der „Josefstadt", wohnte das Wiener Bürgertum.
Fleischhauerei. österreichisch für: Schlachter, Metzgergeschäft
Trafik. österreichisch für: Laden, Geschäft
9, 4f. *Zusammenbruch.* das Ende der österreichischen Monarchie 1918
18 *Gourmand.* französisch: Vielfraß – gemeint ist offenbar Gourmet: Feinschmecker
20 *herumtransferiert.* für: dienstlich versetzt – und damit viel herumgekommen
34 *Totenmess.* das Requiem (nach den lat. Anfangsworten „Requiem aeternam dona eis, Domine" – Herr, gib ihnen die ewige Ruhe)
10, 10 *Ziehungsliste.* die Gewinnzahlen der Klassenlotterie
20 *Glück in der Liebe.* Anspielung auf die Redensart „Pech im Spiel, Glück in der Liebe"
11, 9 *Schnurrbartbinde.* Netz, mit dem die aufgezwirbelten Schnurrbartspitzen gehalten werden
15f. *Difficile est, satiram non scribere.* lat.: Es ist schwierig, keine Satire zu schreiben. (Juvenal, röm. Satirendichter, 60–140 n. Chr.)
19 *Arbeit schändet nicht.* nach Hesiod (griech. Dichter, um 700 v. Chr.)
34 *Nachtkastl.* österreichisch für: Nachttisch
12, 21 *Glacéhandschuhe.* Handschuhe aus glänzendem Gewebe
13, 13 *Flor.* dünnes Gewebe; schwarz zum Zeichen der Trauer
33 *Was ist Liebe?* Erst der Schluss des Volksstücks beantwortet diese Frage.
14, 18 *Benehmität.* übertreibende Wortbildung
25 *Daumen runter!* Bei den römischen Gladiatorenkämpfen entschied der Cäsar mit diesem Zeichen über Leben und Tod.
Ave Caesar, morituri te salutant! lat.: Die dem Tod Geweihten grüßen dich, Cäsar! (Sueton, röm. Schriftsteller, um 70–130 n. Chr.)
27 *in der Auslage.* In diesem Bild wird deutlich, dass Marianne als Ware gesehen wird.
15, 32f. *Le Tremblay.* eine weitere, die dritte Pariser Pferderennbahn
16,vor1 *Kassel in Preußen.* 1930/31, zur Zeit des Volksstücks, war Kassel Provinzhauptstadt von preußisch Hessen-Nassau.
maßen. veraltet für: weil
1 *Da capo!* italienisch: noch einmal
18 *Unberufen!* abergläubisch für: damit will ich nichts heraufbeschwören

20 *Chimborasso.* höchste Erhebung der Kordilleren in den Anden; österreichisch für: Gipfel

17, 16 *Schwippschwager.* umgangssprachl. für: Ehemann oder Bruder der Schwägerin

29 *Burgtheater.* wichtigstes Wiener Theater

32 *„Wie eiskalt ist dies Händchen".* Arie aus der Oper „La Bohème" von Puccini

42 *die Brüder Karamasow.* 1880 erschienener bedeutender Roman von Dostojewski

18, 7 *Bolschewismus.* hier für „Kommunismus" gebraucht. – Virginia Woolf behandelt in ihrem 1929 erschienenen Essay „A Room of One's Own" (Ein Zimmer für sich allein) das Thema der Unabhängigkeit der Frau. Es wurde maßgeblich für die Frauenbewegung.

19, 1 *geplauscht.* österreichisch für: gemütlich geplaudert

25 *Silentium.* lat.: Ruhe

20, 18 *Heil!* „Heil Hitler" ist seit 1925 der nationalsozialistische Gruß – auch die Betonung „deutsche Kinder" zielt in diese Richtung.

22 *unser Rassenproblem.* Erich macht sich Hitlers Rassentheorie zu eigen, die dieser 1925 in „Mein Kampf" ausdrückte.

28 *die Juden.* nimmt den nationalsozialistischen Antisemitismus auf

33 *Sei gepriesen ...* Walzer aus einer Operette Ziehrers

22, 3f. *markiert.* umgangssprachl. für: angedeutet

11 *Projekt.* Vorschlag

13 *gselcht.* österreichisch: geräuchert

34 *Der Mensch denkt ...* nach dem alttestamentl. Sprüche Salomonis 16,9

23, 13 *Hallodri!* österreichisch für: leichtsinniger Mensch

Voyeur. französisch: jemand, der als Zuschauer bei sexuellen Betätigungen anderer Befriedigung erfährt

14 *pervers.* lat./franz.: widernatürlich, abartig

22f. *ohne Treu, ohne Glauben.* nach Jesaja 33,8

28 *Trafikantinnen.* Trafik(Laden-)inhaberinnen

24, 15 *Der sterbende Schwan.* Ballettmusik von Camille Saint-Saens

19 *heuer.* österreichisch für: in diesem Jahr

25, 11 *molestiere.* veraltet für: belästige

12 *Jus.* österreichisch statt: Jura

14 *Syndikus.* Rechtsbeistand einer Körperschaft

18 *die süßen Wiener Maderln.* nach dem Theaterstück „Anatol" von Arthur Schnitzler (1891)

26, vor 13 *Frühlingsstimmen-Walzer.* von Johann Strauß Sohn

27, 12 *kein Kirchenlicht.* umgangssprachl. für: nicht sehr klug

28ff. *drunten liegen ... verbrennen.* sachliche und – für die Verhältnisse um 1930 – freigeistige Entgegnung Alfreds auf Mariannes gefühlvollen Hinweis auf Sterben und Begrabenwerden

28, 10 *bengalisches Licht.* Buntfeuer

28, 20 *Küss die Hand!* Die Höflichkeitsformel deutet die sarkastische Verzweiflung des Vaters an.

34 *Krach in die Melon!* österreichisch für: Jetzt gibt es Streit (bei dem man sich die Kopfbedeckung ramponiert).
29, 5 *verhunzen.* umgangssprachl. für: verderben
30, vor 1 *„Geschichten aus dem Wiener Wald".* vgl. Anm. zum Titel
3 *Mädchen für alles.* untergeordnete Haushalthilfe
13 *Casanova.* Verführer
23 *Frauenzimmer.* verächtlich gemeint
33 *akkurat.* österreichisch für: genau, gerade
34 *läufige Bestie.* grob verächtlich: brünstige Hündin
31, 30 *Das Weib ist ein Rätsel.* Zitat von Friedrich Nietzsche, „Also sprach Zarathustra" (1885)
Sphinx. in der griech. Mythologie geflügelter Löwe mit Frauenkopf, Sinnbild des Rätselhaften
31f. *Graphologe.* Handschrift-Sachverständiger
33 *Vampir.* heute besser: Vamp, kalt berechnende Frau
32, vor 1 *achtzehnter Bezirk.* gut situiertes Wiener Wohnviertel
3 *Ambition.* Ehrgeiz, Streben
12 *fixieren.* lat.: intensiv, aufmerksam anschauen
14 *Buchmacher.* Wett-Agent
16f. *Zweijährige ...* Gruppen von Rennpferden
19 *verschleißen.* österreichisch für: Waren als Vertreter anbieten
27 *Agent.* österreichisch für: Vertreter, Hausverkäufer
33, 20 *Hieroglyphen.* Bilderschriftzeichen; hier für: rätselhaft
35f. *webt das Schicksal Knoten in unser Leben.* Anspielung auf den griech.-lat. Mythos der Parzen: Klotho spinnt den Lebensfaden, Lachesis bestimmt seine Länge, Atropos schneidet ihn ab.
34,vor 19 *zweiter Bezirk.* Wiener Vergnügungsviertel mit dem Prater
24 *fad.* französisch für: langweilig, geistlos
28 *Queue.* französisch: Billardstock
bis fünfzig. Summe der Spielpunkte
34 *Cherchez la femme!* französisch: Suchen Sie die Frau! (d. h. die Liebe)
35, 6 *buserieren.* die Billardkugel kräftig stoßen
12 *hörig.* (sexuell) abhängig
24 *stante pede.* lat.: „stehenden Fußes", sofort
24f. *wegmachen lassen.* durch einen Kurpfuscher abtreiben
37 *Donna.* herablassend für: Geliebte
36, 3 *Bosniak.* Bosnier, Einwohner Bosniens
27f. *Dornen und Brennnesseln.* nach Genesis 3, 18
28 *Hiob.* Titelfigur des alttestamentl. Hiob-Buches
36f. *Hauptargument unserer Kirche.* Anspielung auf die päpstliche Enzyklika Pius' XI. von 1931
37, 13 *Ballette ... für ... Etablissements.* Animiertänzerinnen in zwielichtigen Gaststätten
20 *Schwarzer.* österreichisch für: Kaffee
29 *Amulett.* Unheil abwehrendes Medaillon
31 *der heilige Antonius.* Antonius von Padua, Schutzheiliger der Ehe, Helfer bei Verlust
38, vor 3 *Spinett.* alte Form des Klaviers

fantasiert. musiziert frei, improvisiert
6 *Komtess.* österreichisch: unverheiratete Gräfin
18 *avisiert.* französisch: angemeldet, angekündigt
23 *exorbitant.* gewaltig
40, 6 *Wachau.* vgl. Anm. zu S. 3
30 *Kasern.* für: Mietskaserne
41, 14 *Bankerten.* abwertend für: uneheliche Kinder
17 *Kreuzer.* die kleinste österreichische Münze
35 *Haderlump.* österreichisch für: Taugenichts, liederlicher Mensch
42, 9 *schlampert.* österreichisch für: schlampig, unordentlich
37 *Frankreich.* Hier wurden um 1930 Arbeitskräfte gesucht.
43, 32 *Bams.* österreichisch: Kind
44, 7 *Memphis.* eine Zigarettenmarke
21 *Kolleg.* lat.: akademische Vorlesung
37 *Sarajevo.* In der bosnischen Hauptstadt wurde 1914 der österreichische Thronfolger ermordet. Das führte zum Ersten Weltkrieg.
Bosnien-Herzegowina. ehemals osmanische Provinzen, seit 1878 unter österreichisch-ungarischer Verwaltung
45, 4 *Fauxpas.* französisch: Taktlosigkeit
4f. *Lapsus linguae.* lat.: Versprecher (wörtl.: Sprachfehler)
10 *satisfaktionsfähig.* von einem zum Duellieren angemessenen gesellschaftlichen Stand
18 *Hohenzollern.* das Fürstengeschlecht, das ab 1871 die deutschen Kaiser stellte
19 *Habsburger.* die europäische Dynastie, aus der die österreichischen Kaiser hervorgingen
römisch-deutsche Kaiser. 1452 wurde mit Friedrich III. zum ersten Mal ein Habsburger Kaiser.
24 *leger.* französisch: ungezwungen
46, 15 *unberufen.* hier soviel wie: gut
18 *Er ist Jurist.* Valerie spielt stolz auf Erich an – auf Alfred kann sie verzichten.
26 *Wer unter euch ohne Sünden ist.* Anspielung auf das Evangelium nach Johannes 8, 7
47, 14 *stolz wie ein Spanier.* redensartl. nach Schiller, „Don Carlos" (Hamburger Leseheft Nr. 80)
15 *Hochmut kommt vor dem Fall.* sprichwörtl. aus dem alttestamentl. Sprüche Salomonis 16, 18
22 *Gottes Mühlen mahlen langsam …* sprichwörtl. aus dem 16. Jahrhundert, von Friedrich von Logau 1654 in ein Gedicht übernommen
24 *wen Gott liebt …* sprichwörtl. nach dem alttestamentl. Sprüche Salomonis 3, 12
25 *auf glühendem Rost …* Oskar steigert sich in seine Gewaltfantasien hinein. (vgl. auch S. 47, 31f.)
48, vor 1 *Stephansdom.* bedeutendste gotische Kirche Wiens
6 *Fleischeslust.* Der Beichtvater bezieht sich auf den neutestamentl. Brief an die Galater 5, 19.

8 *das heilige Sakrament …* Die katholische Kirche kennt sieben Sakramente: Taufe, Firmung, Buße, letzte Ölung, Ehe und Priesterweihe.
9 *Todsünde.* in der Bußpraxis der katholischen Kirche eine Hauptsünde, zu deren Vergebung das Bußsakrament erforderlich ist
30 *du bereust es also.* das erste Erfordernis zur Vergebung einer Todsünde
49, 30 *Litanei.* griech.: Bittgebet
35 *Bürgerschul.* eine Vorform der Hauptschule
50, vor 1 *Beim Heurigen.* volkstümliche Weinlokale, in denen vor allem der frisch gekelterte Wein ausgeschenkt wird
Schrammelmusik. volkstümliche Musikantengruppe, so genannt nach den Musikantenbrüdern Schrammel
2 *Wachau.* vgl. Anm. zu S. 3
10 *Es wird ein Wein sein.* beliebter Refrain. Die wein- und rührselige Stimmung wird im Folgenden durch eine ganze Reihe volkstümlicher Wiener Lieder charakterisiert.
14 *Nussdorf.* neben Grinzing berühmter Heurigenort Wiens
15 *Hetz, Gstanz.* österreichisch: Spaß
19 *Schwomma.* österreichisch für: Schwips (vgl. verschwommen)
vor 20 *Radetzkymarsch.* beliebter Marsch von Johann Strauß Vater
24 *Putten.* österreichisch derb für: Brüste
51, 1f. *Heut kann mich die ganze Welt.* nach dem Zitat aus Goethes „Götz von Berlichingen“ (Hamburger Leseheft Nr. 9)
9 *Waserl.* österreichisch: tapsiger Mensch
24 *Ach, ich hab sie ja nur …* aus „Der Bettelstudent“, Operette von Millöcker
29 *exorbitant.* vgl. Anm. zu S. 38, 23
52, 10 *genachtmahlt.* österreichisch: zu Abend gegessen
26 *parieren.* lat.: unbedingt gehorchen
53, 5 *straucheln.* einen Fehltritt tun
29 *Sing-Sing.* New Yorker Gefängnis bei der Stadt Ossining (alter Name: Sing-Sing)
40 *Mariazell.* Wallfahrtsort in der Steiermark
42 *Mein Muatterl …* beliebter Refrain
54, 3 *anzigen.* österreichisch: einzigen (gedehnt zu sprechen)
5 *Wien, Wien, nur du allein.* beliebter Refrain
26 *Mir ist mei Alte gestorbn.* beliebtes Volkslied
30 *wana.* österreichisch: weinen (gedehnt zu sprechen)
37 *Schusterbuben regnen.* redensartl. für: stark regnen
55, 2 *Plafond.* österreichisch für: Zimmerdecke
3f. *Moulin-bleu.* ironisch kontrastierend zu „Moulin Rouge“, Pariser Nachtlokal
6 *Maxim.* durch Léhars Lied „Da geh ich ins Maxim“ aus der Operette „Der Bettelstudent“ bekanntes Nachtlokal
15 *Vindobona.* Schrammel-Walzer mit dem römischen Namen Wiens
23 *Mizzi und Jean.* Figuren aus einem beliebten österreichischen Lied

24 *Gehn ... drahn.* österreichisch für: feiern durch
28 *Brady.* Wiener Vergnügungslokal
35 *Geniern.* österreichisch für: Schüchternheit
37 *repetiern.* österreichisch für: wiederholen, weitermachen
56, vor 1 *Séparée.* für französisch: chambre séparéé, Nische in einem Lokal für intimes Beisammensein
8 *Was du ererbt ...* Monolog Fausts in „Faust I", V. 682ff. (Hamburger Leseheft Nr. 29)
vor 13 *Wiener Blut.* Walzer von Johann Strauß Sohn
Hoch- und Deutschmeistermarsch. der Deutschmeistermarsch von Ertl
57, 4 *Schampus.* umgangssprachl. für: Champagner
6 *Du kannst mir ...* grob umgangssprachl. wie Anm. S. 51, 1f. oder: Rutsch mir den Buckel runter!
40 *Saturn als Planet.* für schicksalbestimmend gehalten (Astrologie)
58, 5 *lebendige Aktplastiken.* Wie in der Bildenden Kunst sind auch hier klassisch-mythologische Themen Vorwand für Nacktdarstellungen.
vor 7 *Leier.* ein Saiteninstrument
8 *Zeppelin.* das von Ferdinand Graf von Zeppelin 1900 konstruierte Luftschiff
vor 10 *„Fridericus rex".* der preußische Grenadiermarsch
Deutschlandlied. 1922 wurde das Gedicht von Hoffmann von Fallersleben mit der Melodie Haydns die deutsche Nationalhymne.
11f. *„Die Jagd nach dem Glück".* Die mythologische Darstellung der Glücksgöttin Fortuna auf der unberechenbar rollenden Kugel verweist zugleich nachdrücklich auf die Sehnsüchte und Bestrebungen der Figuren des Volksstücks.
vor 14 *„Träumerei".* aus Robert Schumanns „Kinderszenen"
59, 1f. *plemplem.* umgangssprachl. für: verrückt
4 *Kusch!* grob umgangssprachl. für: Halt die Schnauze!
27 *perplex.* lat., umgangssprachl. für: verwirrt, bestürzt
60, 3 *pikant.* französisch, hier so viel wie: anzüglich, schlüpfrig
4 *Aversion.* lat.: Abneigung, Widerwillen
8f. *steinernes Herz.* klingt an das Märchen „Das kalte Herz" von Wilhelm Hauff (Hamburger Leseheft Nr. 4) oder an E. T. A. Hoffmanns Nachtstück „Das steinerne Herz" an
39 *fixiert.* vgl. Anm. zu S. 32, 12
61, 39 *wegfahren.* im übertragenen Sinn. Ein „Zug" ganz anderer Art wird Leopolds Leben beenden. (vgl. S. 65 und 74f.)
64, 30 *Doppeladlermarsch.* Der Doppeladler ist das Emblem des österreichischen Kaisertums.
36 *Gott gibt und Gott nimmt.* nach dem alttestamentl. Hiobbuch 1, 21
39 *Hallodri.* vgl. Anm. zu S. 23, 13
43 *Menuett.* höfischer Tanz französischen Ursprungs
65, 20f. *altruistisch.* lat.: selbstlos
23 *eingekastelt.* österreichisch für: eingesperrt

66, 7 *Sphärenmusik.* kosmische Musik, hier Umschreibung für den Gesang der Engel im Himmel

31 *Ende gut, alles gut!* sprichwörtl. nach der gleichnamigen Komödie Shakespeares

67, 13f. *Soll und Haben.* Begriffe der kaufmännischen Buchführung, auch Roman von Gustav Freytag (1855)

41 *Liaison.* französisch für: (nicht standesgemäße) Liebschaft

68, 10 *Hascherl.* österreichisch für: bedauernswerter Mensch

37 *Tschechen.* 1931 hatten die Tschechen gegen den deutsch-österreichischen Zollvertrag protestiert.

69, 2 *akkurat.* süddeutsch für: genau

17 *Schlagerl.* österreichisch für: Schlag, Schlaganfall

70, 16 *Gang nach Canossa.* Buße, Abbitte (nach dem Bußgang Kaiser Heinrichs IV. 1077 zu Papst Gregor VII.)

24 *perplex.* vgl. Anm. zu S. 59, vor 27

71, 36f. *Maisons-Laffitte.* vgl. Anm. zu S. 7, 20

37 *Sieg und Platz.* Wettmöglichkeiten beim Pferderennen

72, 10f. *Stöberei.* mundartl. für: Großreinemachen

33 *Nur wer sich wandelt …* aus: Nietzsche, „Jenseits von Gut und Böse“ (1886)

35 *Denn so lang du dies nicht hast …* aus Goethes Gedicht „Selige Sehnsucht“

73, 1 *Kalendersprüch'.* Viele schöpften ihre „Bildung“ aus den vor allem im 19. Jahrhundert verbreiteten Hauskalendern.

13 *trägt keine Glacéhandschuhe.* redensartl.: ist nicht zimperlich

vor 30 *Erdäpfel.* österreichisch für: Kartoffeln

74, 21 *Bist du daneben?!* soviel wie: Bist du noch zu retten?!

75, 36 *Luder.* Schimpfwort: Aas

76, 18 *Kondolation.* lat.: Beileidsbezeugung

38 *Sadist.* jemand, der Freude an Grausamkeiten hat

40 *Gott gibt und Gott nimmt.* vgl. Anm. zu S. 64, 36

77, 1 *Gott ist die Liebe.* vgl. den neutestamentl. 1. Johannesbrief 4, 16 *wen er liebt …* vgl. Anm. zu S. 47, 24

9f. *du wirst meiner Liebe nicht entgehn.* vgl. Ende des I. Teils, S. 29, 13

191 **Aischylos,** Die Perser
112 **Balladen, Meister-**
114 **Bender,** Die Wölfe kommen zurück
108 **Bergengruen,** Begegnung mit Tieren
107 **Bierbaum,** Zäpfel Kerns Abenteuer
100 **Bonsels,** Die Biene Maja
250 **Borchert**, Draußen vor der Tür
251 **Borchert**, Nachts schlafen die Ratten
54 **Brentano,** Gesch. vom br. Kasperl
130 **Brinckman,** Kasper Ohm in Batavia
129 **Brinckman,** Kasper Ohm un ick
113 **Büchner,** Dantons Tod
161 **Büchner**, Lenz, Hessischer Landbote
148 **Büchner**, Woyzeck, Leonce u. Lena
190 **Caesar**, Der Gallische Krieg
44 **Chamisso**, Peter Schlemihl
163 **Claudius**, Der Wandsbecker Bote
116 **Defoe**, Robinson Crusoe
237 **Deutsche Liebesgedichte**
15 **Droste-Hülshoff**, Die Judenbuche
74 **Ebner-Eschenbach,** Gemperlein
71 **Ebner-Eschenbach,** Krambambuli
240 **Eichendorff,** Gedichte
209 **Eichendorff,** Das Marmorbild
22 **Eichendorff,** Das Schloss Dürande
5 **Eichendorff,** Taugenichts
81 **Ernst,** Christoffel und Ursula
118 **Fabeln,** Einhundert
171 **Fontane,** Effi Briest
176 **Fontane,** Frau Jenny Treibel
52 **Fontane,** Grete Minde
172 **Fontane,** Irrungen, Wirrungen
212 **Fontane,** Die Poggenpuhls
215 **Fontane,** Der Stechlin
232 **Fontane,** Stine
154 **Fontane,** Unterm Birnbaum
97 **Fouqué,** Undine
69 **Gedichte,** Deutsche
62 **Goethe,** Egmont
29 **Goethe,** Faust, I. Teil
170 **Goethe,** Faust, II. Teil
239 **Goethe,** Faust, I. und II. Teil
227 **Goethe,** Gedichte
9 **Goethe,** Götz von Berlichingen
13 **Goethe,** Iphigenie auf Tauris
115 **Goethe,** Die Leiden d. jg. Werther
126 **Goethe,** Novelle und Märchen
204 **Goethe,** Stella
183 **Goethe,** Torquato Tasso
203 **Goethe,** Urfaust
185 **Goethe,** Die Wahlverwandtschaften
195 **Goethe,** Wilhelm Meisters Lehrjahre
134 **Gotthelf,** Elsi, die seltsame Magd
51 **Gotthelf,** Die schwarze Spinne
55 **Grillparzer,** Die Ahnfrau
50 **Grillparzer,** Der arme Spielmann
125 **Grillparzer,** König Ottokar
84 **Grillparzer,** Weh dem, der lügt
197 **Grimm,** Kinder- und Hausmärchen
207 **Grimmelshausen,** Simplicissimus
152 **Groth,** Gedichte
135 **Die Gudrunsage**
162 **Härtling,** Hölderlin, Lenau
4 **Hauff,** Das kalte Herz
101 **Hauff,** Saids Schicksale
102 **Hauff,** Das Wirtshaus im Spessart
73 **Hauff,** Zwerg Nase u. a.
179 **Hauptmann,** Bahnwärter Thiel
186 **Hauptmann,** Der Biberpelz
220 **Hauptmann,** Die Ratten
259 **Hauptmann,** Vor Sonnenaufgang
247 **Hauptmann,** Die Weber
49 **Hebbel,** Agnes Bernauer
157 **Hebbel,** Gyges und sein Ring
110 **Hebbel,** Maria Magdalena
166 **Hebel,** Kalendergeschichten
164 **Heine,** Deutschland. Ein Wintermärchen
159 **Heine,** Die Harzreise
214 **Heine,** Die Nordsee
124 **Hoffmann,** Der Artushof u. a.
216 **Hoffmann,** Die Elixiere des Teufels
57 **Hoffmann,** Das Fräulein von Scuderi
202 **Hoffmann,** Der goldne Topf
238 **Hoffmann,** Klein Zaches genannt Zinnober
43 **Hoffmann,** Meister Martin
229 **Hoffmann,** Nussknacker und Mausekönig
174 **Hoffmann,** Der Sandmann u. a.
206 **Hofmannsthal,** Jedermann
208 **Homer,** Odyssee
221 **Horváth,** Geschichten aus dem Wiener Wald
230 **Horváth,** Jugend ohne Gott
224 **Ibsen,** Ein Volksfeind
180 **Ibsen,** Nora
141 **Jean Paul,** Giannozzo
188 **Kafka,** Der Heizer, Das Urteil u. a.
189 **Kafka,** Der Kübelreiter u. a. Erzählungen
201 **Kafka,** Der Prozess
226 **Kafka,** Das Schloss
258 **Kafka,** Der Verschollene
187 **Kafka,** Die Verwandlung
32 **Keller,** Frau Regel Amrain
122 **Keller,** Dietegen
47 **Keller,** Die drei gerechten Kammmacher
3 **Keller,** Kleider machen Leute
103 **Keller,** Romeo und Julia a. d. Dorfe
200 **Kleist,** Amphitryon
165 **Kleist,** Das Erdbeben in Chili u. a.
56 **Kleist,** Das Käthchen von Heilbronn
35 **Kleist,** Michael Kohlhaas
167 **Kleist,** Die Marquise von O ...
219 **Kleist,** Penthesilea
41 **Kleist,** Prinz von Homburg
153 **Kleist,** Die Verlobung in St. Domingo
33 **Kleist,** Der zerbrochne Krug
241 **Köppen,** Heeresbericht
168 **Lenz,** Der Hofmeister
184 **Lenz,** Die Soldaten
149 **Lessing,** Emilia Galotti
19 **Lessing,** Minna von Barnhelm
249 **Lessing,** Miss Sara Sampson
17 **Lessing,** Nathan der Weise
123 **Löns,** Grün ist die Heide
254 **Mann,** Mephisto
255 **Mann,** Der Untertan
169 **May,** Im Wilden Westen
248 **May,** Die Sklavenkarawane
217 **May,** Winnetou I
31 **Meyer,** Das Amulett
40 **Meyer,** Der Schuss von der Kanzel
60 **Meyer,** Die Versuchung des Pescara
199 **Mörike,** Gedichte
144 **Mörike,** Das Stuttgarter Hutzelmännlein
175 **Molière,** Der eingebildete Kranke
132 **Molière,** Der Geizige
236 **Musil,** Die Verwirr. des Zöglings Törleß
137 **Nibelungensage**
256 **Orwell,** Farm der Tiere
89 **Raabe,** Else von der Tanne
91 **Raabe,** Das letzte Recht
83 **Raabe,** Die schwarze Galeere
39 **Riehl,** Der stumme Ratsherr u. a.
231 **Rilke,** Gedichte
196 **Rilke,** Malte Laurids Brigge
95 **Rosegger,** Waldheimat I
96 **Rosegger,** Waldheimat II
225 **Roth,** Hiob
76 **Sagen,** Deutsche
253 **Saint-Exupéry,** Der kleine Prinz
192 **Sallust,** Die Verschwörung des Catilina
80 **Schiller,** Don Carlos
223 **Schiller,** Der Geisterseher
24 **Schiller,** Die Jungfrau von Orleans
61 **Schiller,** Kabale und Liebe
48 **Schiller,** Die Räuber
12 **Schiller,** Maria Stuart
160 **Schiller,** Der Verbrecher aus verl. Ehre
7 **Schiller,** Wilhelm Tell
117 **Schneider,** Portugies. Erzählungen
211 **Schnitzler,** Leutnant Gustl / Fräulein Else
233 **Schnitzler,** Reigen
222 **Schnitzler,** Traumnovelle
127 **Shakespeare,** Ein Sommernachtstraum
131 **Shakespeare,** Hamlet
136 **Shakespeare,** Julius Caesar
243 **Shakespeare,** Der Kaufmann von Venedig
111 **Shakespeare,** König Lear
177 **Shakespeare,** Macbeth
257 **Shakespeare,** Othello
128 **Shakespeare,** Romeo und Julia
205 **Shakespeare,** Der Widerspenstigen Zähmung
140 **Solschenizyn,** Iwan Denissowitsch
181 **Sophokles,** Antigone
182 **Sophokles,** König Ödipus
198 **Stephenson,** Leiningens Kampf
6 **Stifter,** Bergkristall
58 **Stifter,** Brigitta
78 **Stifter,** Granit
77 **Stifter,** Kalkstein
138 **Storm,** Aquis submersus
145 **Storm,** Ein Doppelgänger
150 **Storm,** Gedichte
98 **Storm,** Hans und Heinz Kirch
30 **Storm,** Immensee u. a. Gesch.
1 **Storm,** Pole Poppenspäler
14 **Storm,** Die Regentrude / Der kl. Häwelmann
2 **Storm,** Der Schimmelreiter
156 **Storm,** Weihnachtsgeschichten
178 **Thoma,** Lausbubengeschichten
228 **Tieck,** Der blonde Eckbert / Der Runenberg
59 **Tieck,** Des Lebens Überfluss
218 **Tucholsky,** Rheinsberg
173 **Wedekind,** Frühlings Erwachen
246 **Werfel,** Der Abituriententag
235 **Zweig,** Angst
234 **Zweig,** Schachnovelle

ISBN 978-3-87291-220-6

9 783872 912206